REENCONTRO
literatura

Bram Stoker

Drácula

Tradução e adaptação em português de

Laura Bacellar

Ilustrações de

Salmo Dansa

editora scipione

Gerência editorial
Sâmia Rios

Responsabilidade editorial
Mauro Aristides

Edição de texto
José Paulo Brait

Revisão
Mariana de Lima Albertini,
Veridiana Maenaka e
Thiago Barbalho

Coordenação de arte
Maria do Céu Pires Passuello

Programação visual de capa e miolo
Didier D. C. Dias de Moraes

Diagramação
Marisa Iniesta Martin

editora scipione

Avenida das Nações Unidas, 7221
Pinheiros – São Paulo – SP – CEP 05425-902
Atendimento ao cliente: (0xx11) 4003-3061

www.coletivoleitor.com.br
atendimento@aticascipione.com.br

2024

ISBN 978-85-262-5083-3–AL

CL: 733739

CAE: 223968

1.ª EDIÇÃO
10.ª impressão

Impressão e acabamento

Log&Print Gráfica, Dados Variáveis e Logística S.A.
OP: 286246

Traduzido e adaptado de: *Dracula*, de Bram Stoker. Mineola (USA): Dover, 2000.

Dados Internacionais de Catalogação na Publicação (CIP)
(Câmara Brasileira do Livro, SP, Brasil)

Bacellar, Laura

Drácula / Bram Stoker; tradução e adaptação em português Laura Bacellar; ilustrações Salmo Dansa. – São Paulo: Scipione, 2003. (Série Reencontro literatura)

Título original: *Dracula*.

1. Literatura infantojuvenil I. Stoker, Bram, 1847-1912. II. Dansa, Salmo. III. Título. IV. Série.

03-6140 CDD-028.5

Índices para catálogo sistemático:

1. Literatura infantojuvenil 028.5
2. Literatura juvenil 028.5

Este livro foi composto em ITC Stone Serif e Frutiger
e impresso em papel Offset 75g/m².

SUMÁRIO

QUEM FOI BRAM STOKER?

Abraham Stoker nasceu em Dublin, Irlanda, em 1847, e morreu em Londres, em 1912. Passou a infância acometido de uma doença estranha, que o deixou fraco e incapaz de andar sem ajuda até os sete anos. Quando venceu o problema, tornou-se atleta e jogador de rúgbi.

Estudou matemática no Trinity College da Universidade de Dublin, foi funcionário público, crítico teatral de um grande jornal e secretário de um ator famoso na época, sir Henry Irving. Teve vários de seus romances publicados, mas nenhum alcançou a repercussão de *Drácula*, lançado em 1897 com imenso sucesso. Foi traduzido para quase todas as línguas e já rendeu dezenas de filmes, peças e histórias em quadrinhos.

QUEM FOI DRÁCULA?

Bram Stoker era um apaixonado por lendas sobre vampiros, tendo feito muita pesquisa antes de escrever *Drácula*. Apesar de ficcional, seu personagem baseia-se numa pessoa que de fato existiu, Vlad Tepes – ou Vlad, o Empalador –, um nobre que viveu nos Cárpatos no século XV.

Vlad era um homem tão cruel que há vários documentos descrevendo seus atos com horror, numa época em que a crueldade era comum e até aceita. Diz a lenda que em certa ocasião mandou empalar vinte mil pessoas de uma cidade conquistada.

O nome Drácula vem de *dracul*, "dragão", insígnia concedida a seu pai pelo imperador Sigismundo do Sacro Império Romano-Germânico. Drácula significa "filho do dragão" e, em romeno, passou a ser usado também para designar "mal".

Na Transilvânia, região hoje dividida entre a Romênia e a Hungria, são muitas e variadas as lendas sobre vampiros, lobisomens e lobos, que incluem os remédios utilizados por Van Helsing para combatê-los. Bram Stoker usou a imaginação, mas partiu de um folclore rico e interessante.

Diário de Jonathan Harker

3 de maio, Bistrita

Saí de Munique às 20h35 e amanheci em Viena. Peguei o trem uma hora atrasado para Budapeste. O pouco que pude ver da cidade me agradou muito. Lindas pontes sobre o rio Danúbio separam o lado que parece mais europeu do lado que parece mais turco.

Depois segui para Klausenburg, um povoado já na região da Transilvânia, e hoje vim até Bistrita.

Estou na Europa, mas nem parece. Esse é um dos rincões mais selvagens do nosso Velho Continente. Os Cárpatos são uma cadeia de montanhas lindas, mas não há mapas precisos, as estradas são poucas, e as pessoas, bastante simples. São uma mistura dos muitos invasores que já passaram por aqui: saxões, magiares, eslavos, turcos e muitos ciganos. Usam roupas brancas com bordados coloridos, e os homens gostam de chapéus enormes, botas altas e cinturões de couro.

Quando eu disse, no hotel, que ia para o castelo de Drácula, a simpática senhora que me serviu o jantar ficou nervosa. Parecia apavorada e fez o sinal da cruz diversas vezes.

– Não vá, meu senhor, não vá! – disse num alemão atrapalhado, que eu mal entendi. – Hoje é véspera do dia de São Jorge. Quando o relógio bater meia-noite, todos os seres do mal vão correr à solta. A noite será muito perigosa. Espere até amanhã!

– Tenho de ir hoje. O conde Drácula, nobre da Transilvânia que contratou os serviços de advocacia de nossa firma em Londres, mandou um bilhete aqui para o hotel dizendo que uma carruagem irá me pegar no passo do Borgo esta noite. Não posso deixar nosso cliente esperando.

– Então leve isto – disse a senhora, enquanto pendurava em meu pescoço um pesado crucifixo.

Fiquei apreensivo. O que será que me aguarda nesta noite?

5 de maio

Embarquei na carruagem para a Bucovina em meio a muita conversa e olhares de medo dos habitantes do povoado. Todos se benzeram, e as palavras que consegui entender – *ordog*, "satã"; *stregoica*, "bruxo"; *vrolok*, "vampiro" – não me deixaram muito feliz.

Atravessamos florestas e bosques só aqui e ali interrompidos por alguma pequena fazenda. A estrada era péssima, mas tinha vistas maravilhosas. Fomos subindo as montanhas em muitas voltas e curvas, o cocheiro chicoteando os cavalos como se estivesse com pressa.

Quando anoiteceu, os outros passageiros começaram a pedir ao cocheiro para ir ainda mais rápido. Pareciam mortos de medo. Se eu estivesse em Londres, diria que essa gente estava sendo muito supersticiosa e ignorante. Entretanto, lá no meio das montanhas selvagens, entre a Transilvânia e a Bucovina, deu-me um certo frio na barriga.

Entramos no passo do Borgo por volta de onze da noite. Era óbvio que todos queriam sair dali antes da meia-noite. Tentaram me dizer que não descesse ali, que fosse com eles em frente. De novo respondi que não podia. Meus companheiros de carruagem então colocaram em minhas mãos, com muita insistência, pedaços de alho, rosas, cinzas da montanha e vários amuletos enquanto se benziam.

A estrada à frente parecia vazia, mas do meio da escuridão surgiu de repente um cabriolé todo negro, puxado por quatro cavalos também negros. Um arrepio percorreu a espinha de todos os passageiros, inclusive a minha. O cabriolé emparelhou conosco, e um homem muito pálido, com uma barba e um grande chapéu cobrindo o rosto, disse com voz ríspida que estava ali para receber o senhor inglês.

Meus companheiros da carruagem me olharam com pena, como se eu estivesse indo para um sacrifício. Nosso cocheiro parou e eu desembarquei relutante. O condutor do cabriolé pegou minhas pesadas malas como se fossem de pena e ajudou-me a subir no carro com uma mão firme como aço.

Partiu sem falar mais nada, e logo enveredamos por um caminho mais estreito, pedregoso e íngreme que a estrada do passo.

Acendi um fósforo e olhei as horas: quase doze. Um cão soltou um comprido uivo, e logo todos os cães daquela região – ou assim me pareceu – começaram a uivar ao mesmo tempo. Para inquietar-me um pouco mais, dali a instantes, outros uivos juntaram-se aos primeiros.

Lobos, montes deles.

Os cavalos ficaram nervosos, pulando e relinchando, mas o cocheiro os acalmou e tocou em frente. Atravessamos uma floresta escura e fechada, nem imagino como o condutor do cabriolé conseguia enxergar o caminho.

Até que ele parou. Olhei em volta e não consegui ver nada, nenhum sinal do castelo ou de pessoas. O condutor, sem me dizer por quê, desceu do carro e desapareceu. Fiquei horrorizado, será que o homem era louco?

Não entendi o que poderia estar fazendo no meio da noite, caminhando por uma floresta cheia de lobos e deixando-me ali sozinho. Quis muito voltar ao passo do Borgo, mas o terror de ser estraçalhado por dentes afiados me deixou paralisado.

Os cavalos partilhavam de meu medo, sacudindo-se inquietos nos arreios. Começaram a empinar e relinchar com alarme. A lua saiu de trás das nuvens e mostrou a razão: estávamos rodeados de lobos.

Eles tinham formado um círculo em torno do cabriolé, os dentes brancos refletindo a parca luz do luar, as línguas vermelhas pendentes, os corpos esguios e musculosos prontos para o ataque.

Meu sangue gelou. Achei que ia morrer ali.

Bati no lado do carro para chamar o condutor. Onde estava aquele demente?

Sem fazer qualquer ruído, ele surgiu bem no meio das feras, andando com uma calma que eu não consegui entender.

Moveu os braços como se abrisse caminho e os lobos se afastaram obedientes.

Subiu no cabriolé e partimos, eu cada vez mais aterrorizado, cada vez mais arrependido de ter vindo à Transilvânia.

O caminho foi longo ainda até chegarmos ao pátio do enorme castelo, muito maltratado pelo tempo, no alto de um rochedo íngreme. Não havia nenhuma luz nas janelas, as ameias estavam em ruínas, ninguém apareceu para nos receber.

O cocheiro parou o carro na frente da imensa porta principal, ajudou-me a descer com cortesia, deixou minha bagagem no chão e desapareceu com cabriolé e cavalos por uma escura passagem lateral.

Fiquei sem saber o que fazer, olhando para aquela porta reforçada com pontas de ferro, sem encontrar uma campainha, sem ver ou ouvir nenhuma pessoa.

Por fim escutei a chave virar na fechadura com um rangido alto, como se não fosse usada havia anos, e a pesada porta se moveu.

Na entrada apareceu um homem alto, de cabelos e bigodes brancos, todo vestido de preto. Segurava uma luminária muito antiga, a primeira luz artificial que eu via em várias horas.

Estendeu sua mão direita e disse, num excelente inglês:

– Seja bem-vindo à minha casa. Entre por sua livre e espontânea vontade.

Ficou então parado na entrada como uma estátua, sem vir até mim.

Achei sua atitude muito esquisita, mas ponderei que ficar no castelo seria melhor do que voltar pela estrada escura. Entrei, e o senhor repetiu as boas-vindas, cumprimentando-me com mão firme – o mesmo toque de aço do cocheiro – e gelada como a de um morto.

Era o conde Drácula!

Conduziu-me através de corredores e passagens até uma sala bem iluminada, aquecida por uma grande lareira, onde

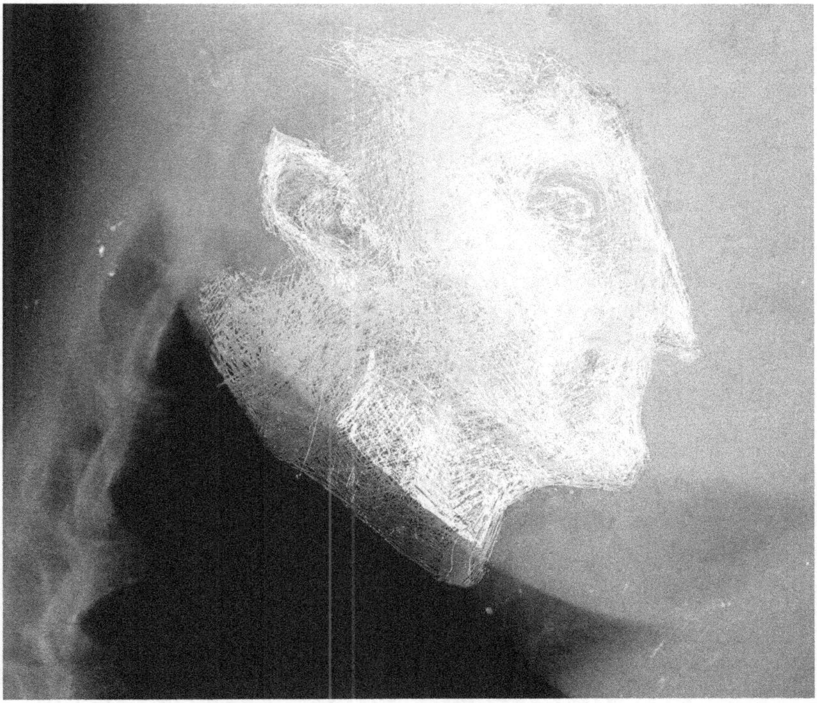

havia uma mesa posta para um generoso jantar. Finalmente senti um certo conforto ao apreciar carnes, queijos e uma boa garrafa de vinho.

O conde não jantou comigo, mas falamos de minha viagem como homens civilizados, de forma agradável. À luz das lâmpadas, pude observá-lo. Tinha o nariz bem aquilino, narinas dilatadas, uma testa alta e cabelos fartos. Suas sobrancelhas eram grossas e quase se encontravam sobre o nariz. A boca, vermelha e fina, deixava perceber dentes brancos estranhamente pontudos. Suas orelhas eram também em ponta, e o rosto, muito pálido.

Quando me ofereceu um chá depois da refeição, notei que suas mãos largas, de dedos grossos e curtos, tinham pelos nas palmas. Quando me tocou, senti uma náusea intensa, que não consegui disfarçar. Ele não bebeu, ficou apenas me fazendo companhia.

Chegou aquela hora escura que precede o amanhecer, e os lobos mais uma vez começaram seu concerto de uivos. Drácula ouviu enlevado.

– Ouça os filhos da noite! Que bela música eles fazem!

Fiz cara de espanto.

– Caro senhor Harker, quem é da cidade não compreende os sentimentos dos caçadores.

Depois mostrou-me meu quarto e se retirou. Fui dormir ao raiar do dia, completamente exausto e confuso.

7 de maio

Levantei-me bem tarde e encontrei uma refeição na mesa, com um bilhete do conde dizendo que viajaria a negócios e só voltaria à noite. Depois de comer, procurei um modo de chamar um empregado para tirar a mesa, mas não encontrei. O castelo estava em silêncio absoluto.

Abri uma outra porta que saía de meu quarto e encontrei uma biblioteca com vários livros em inglês. Achei um atlas com o mapa da Inglaterra e algumas cidades marcadas: Whitby, Exeter, onde fica o escritório de nossa firma, e Carfax, o subúrbio de Londres onde o conde comprou sua casa. Fiquei lendo até ele chegar, lá pelas sete da noite.

O conde fez-me então um monte de perguntas sobre a Inglaterra. Nossa firma intermediou a compra da casa em Londres, para onde ele pretende mudar-se. Trata-se, como ele pediu, de uma grande e antiga mansão. Está vazia há muito tempo, cercada por um terreno já cheio de mato, com uma capela anexada. Como vizinho, tem apenas um manicômio. Drácula assinou o contrato que eu trouxe. Ele quer enviar alguns pertences da Transilvânia para sua nova residência e perguntou-me bastante sobre os trens entre o porto de Whitby e Londres.

Novamente fomos à sala de refeições e o jantar estava servido. O conde não comeu nem bebeu nada, o que eu estranhei. Ele parece forte para a sua idade, por que será que não se alimenta? Passamos horas conversando. Ele me contou entusiasmado das conquistas de sua família. Os Dráculas são nobres da Transilvânia há mais de mil anos, já lutaram contra turcos, saxões e valáquios. Fizeram fortuna com suas muitas guerras. O conde me contou em detalhes, como se tivesse lutado junto com seus antepassados, como os Dráculas mataram milhares de inimigos e tingiram de sangue os rios que cortam os Cárpatos.

Pelo seu olhar de entusiasmo, ele adora histórias de luta.

Quando o galo cantou, o conde levantou-se apressado e despediu-se, pedindo desculpas por me manter acordado a noite inteira. Ele disse que eu podia andar pelo castelo à vontade, exceto onde houvesse portas trancadas.

De novo dormi o dia todo e acordei apenas no final da tarde. O castelo parecia vazio. Que estranha está sendo esta minha visita, trocando o dia pela noite e tendo apenas o conde para conversar!

Peguei a navalha e pendurei meu espelho perto da lâmpada para barbear-me. De repente, senti a mão do conde tocando meu ombro.

– Bom dia, meu amigo.

Tomei um susto tremendo e me cortei. Eu não o tinha visto no espelho, mas Drácula estava ali, bem atrás de mim. Olhei de novo para o espelho e vi apenas o quarto. O conde não estava refletido!

Ele pegou meu espelho, abriu a janela e o jogou fora.

– Para que essas vaidades, se o levam a machucar-se?

Só então ele percebeu o fio de sangue correndo do corte em meu rosto. Seus olhos brilharam, vermelhos, e ele pulou na minha direção como se fosse agarrar meu pescoço. Desviei, e sua mão bateu no crucifixo que a senhora da hospedaria me dera. Imediatamente, o conde ficou calmo e se afastou.

– Seu sangue é muito perigoso neste lugar. Tome cuidado, o senhor não está na Inglaterra.

Saiu do quarto sem falar mais nada.

Fiquei trêmulo e agradeci em minha mente à senhora da hospedaria pelo presente. Eu nunca fui de rezar muito, mas aqui a cruz parece ser o único poder contra essas criaturas amantes das sombras.

Resolvi explorar o castelo. Está mais do que na hora de arrumar um jeito de ir embora.

O que descobri, no entanto, é que quase todas as portas estão trancadas. Subi e desci escadas, andei desesperado pelos corredores sem encontrar nem pessoas, nem saídas. Consegui chegar apenas a uma janela que se abre para um despenhadeiro de mais de mil metros ao sul. O castelo foi construído na beira de um enorme penhasco e só tem saída por um lado. A vista é linda: florestas e montanhas, mas nenhuma casa.

Estou preso!

12 de maio

O conde Drácula continua sendo educado comigo, perguntando sobre envio de dinheiro, bancos, advogados e outros negócios na Inglaterra. Ele insiste muito para que eu fique mais uma semana. Finjo que está tudo normal e que não percebi minha condição de prisioneiro. Estou à procura de um jeito de escapar.

Nunca vi o conde comer, e sempre que o dia amanhece ele se recolhe. Tenho agora certeza de que não há mais ninguém no castelo. Ontem, voltei ao meu quarto em silêncio e vi Drácula arrumando a minha cama. Deve ser ele quem serve a comida e quem dirigiu o cabriolé.

Estou nas mãos desse homem estranho!

– Caro senhor Harker, hoje à noite vou sair, não terei o prazer de sua companhia. Deixe-me avisá-lo: não durma em nenhum outro lugar do castelo, só em seu quarto. Os sonhos aqui são perigosos.

Nem sei como sonhos podem ser piores do que esse homem. Quando ele se retirou, subi as escadas de pedra até a saleta com janela para o sul. Fiquei sentado no peitoril largo escavado na pedra, olhando a paisagem banhada na luz da lua cheia.

De repente, percebi movimento na parede abaixo de mim. Debrucei-me e vi o conde saindo da janela de um quarto no andar de baixo. Ele se agarrou à parede de pedra e foi descendo por ela, de ponta-cabeça. Seus dedos usavam os buracos da velha parede desgastada, e ele desceu feito um grande lagarto negro.

Fiquei em choque. Que homem era aquele? Que tipo de criatura desce por uma parede em vez de usar portas, e ainda por cima de ponta-cabeça?!

Estou cada vez mais apavorado. Mas tive a certeza de que ele não estava no castelo.

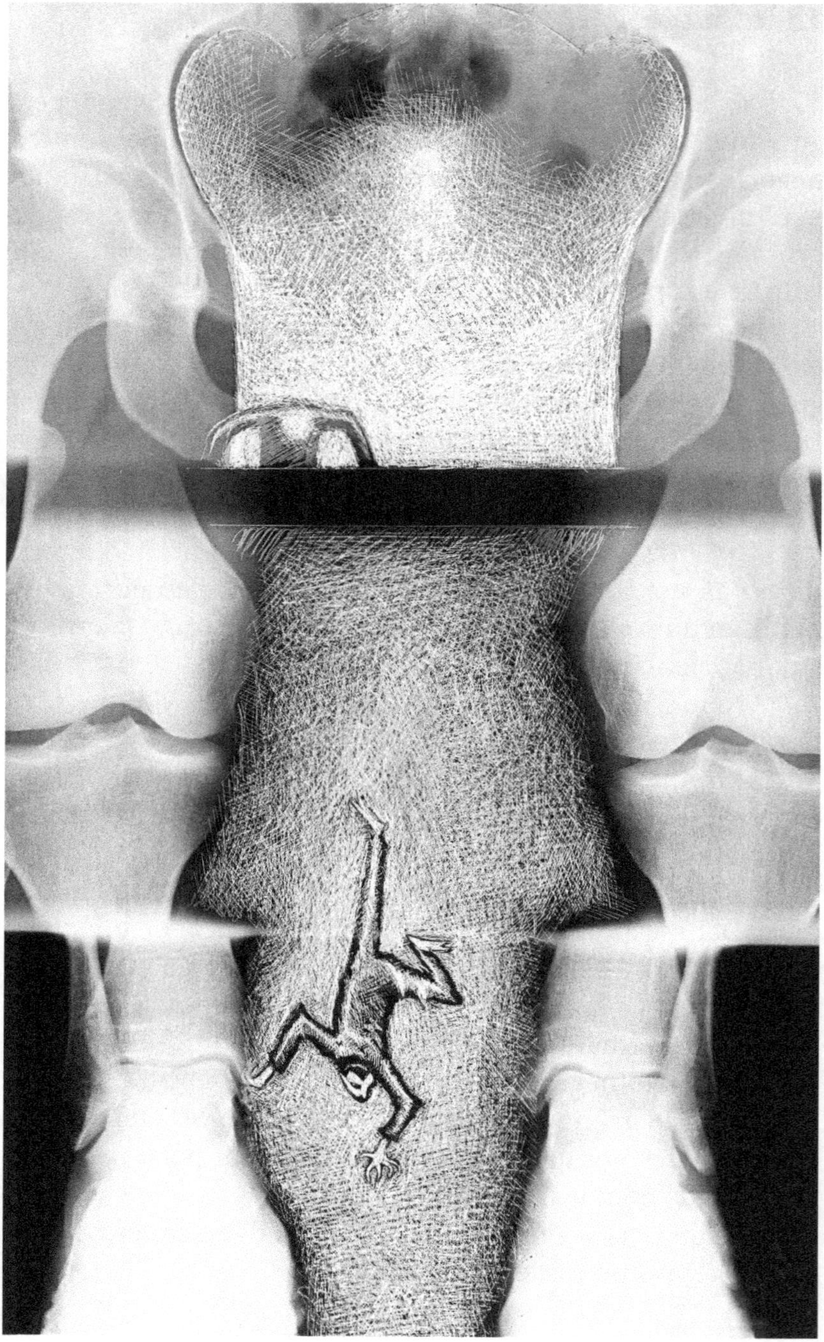

Tentei de novo todas as portas, forçando as fechaduras. Eram bem mais novas que o resto da mobília do castelo, deviam ter sido colocadas para a minha vinda. Desci até o saguão por onde tinha entrado, mas não consegui mover a enorme porta da entrada. A chave não estava na fechadura, devia estar no quarto do conde.

Acabei achando uma porta que parecia trancada, mas estava apenas emperrada porque as dobradiças tinham caído. Empurrei com força e encontrei uma sala muito empoeirada, porém decorada com bom gosto. Deve ter sido das damas do castelo, pois contém belas tapeçarias e móveis finos, além de uma série de janelas que se abrem para os precipícios.

Sentei-me para escrever este diário e acabei sentindo muito sono. Lembrei-me do aviso do conde, mas estou com tanta raiva do homem que tive prazer em desobedecer. Deitei num elegante divã e adormeci.

Não sei se sonhei ou se algo pior aconteceu. Eu estava ali mesmo, mas havia três jovens damas comigo no salão. Elas tinham o mesmo rosto fino com nariz aquilino do conde, a mesma boca vermelha cheia de dentes brancos. Uma delas era loira, as outras duas, morenas, as três muito bonitas. Senti uma estranha vontade de que me beijassem.

Escrevo isso mesmo sabendo que Mina poderá ler e ficar aborrecida. Aquelas mulheres eram hipnóticas; seus lábios carnudos, uma tentação de enlouquecer. Eu não me esqueci de minha noiva, mas parecia ter bebido muito vinho.

Elas riram, fazendo um som pouco humano, parecido com prata tinindo.

– Ele é jovem e forte. Vai render beijos para todas nós.

A loira aproximou-se de mim devagar, molhando os lábios com antecipação. Aguardei sem me mexer, olhando para os seus gestos sensuais, sentindo a sua respiração no meu pescoço.

Naquele momento, o conde entrou na sala emanando fúria, os olhos vermelhos brilhando, os dentes arreganhados. Arrancou a loira de perto de mim e a jogou no chão, depois moveu os braços do mesmo modo que o cocheiro – ele mesmo, com certeza – tinha usado para conter os lobos na estrada.

– Como se atrevem a tocar nesse homem? Ele me pertence! Mais tarde vocês poderão fazer o que quiserem, mas agora preciso dele! – grunhiu raivoso.

As três riram.

– Vamos ficar sem nada esta noite?

O conde então jogou um embrulho no chão, de onde saiu um choro abafado de bebê. As damas o pegaram e desapareceram, como se se tivessem dissolvido na luz da lua.

Perdi a consciência.

28 de maio

Acordei no outro dia em meu quarto; o conde deve ter me carregado. Não consegui mais voltar ao salão das damas, a porta foi barrada por dentro.

Ontem, Drácula pediu que eu escrevesse duas cartas a meu chefe, uma dizendo que tinha terminado o serviço, outra que já estava saindo de Bistrita! Instruiu-me a colocar as datas de 22 e 26 de junho. Evidentemente, ele pretende acabar comigo, mas quer dar a impressão de que eu saí vivo de seu castelo.

Estou muito desanimado. Uma depressão horrível me invadiu, não consigo nem escrever no diário. O que será que está acontecendo comigo? Parece que os olhos do conde sugam toda a minha vontade, me deixam triste e sem forças.

Hoje, um grupo de ciganos chegou ao pátio em carroças, trazendo grandes caixas vazias. Eu os vi pela janela de meu quarto e taquigrafei às pressas um pedido de socorro para Mina, minha querida noiva tão distante, explicando minha situação. Fiz sinal aos homens de que tinha uma carta e a joguei por entre as barras da janela, com uma moeda de ouro. Um deles a apanhou e colocou no chapéu. Tive esperança de que iria colocá-la no correio.

Mais tarde, o conde veio mostrar minha carta.

– Quem estaria enviando esta mensagem? Não está assinada, portanto com certeza não é do senhor. Se fosse sua, eu a trataria com o maior respeito...

Jogou no fogo o papel que não tinha conseguido ler, já que não entende taquigrafia.

Estou desesperado.

24 de junho

Minhas roupas sumiram! Pior, hoje vi o conde de novo saindo pela janela de seu quarto, porém vestindo o meu sobretudo!

Tenho certeza de que ele vai passar pelas vilas, fazendo com que as pessoas pensem que sou eu indo embora.

Drácula já extraiu de mim todo o conhecimento de que precisava, meus dias estão contados. Fiquei na janela olhando a paisagem banhada pela lua, tentando me acalmar. O luar penetrava pela alta janela da saleta, formando como que raios de poeira luminosa.

Luzinhas começaram a dançar de uma forma linda, encantando-me. Fiquei hipnotizado vendo aqueles pontos luminosos irem se unindo, até que percebi três vultos se materializando.

Eram as belas damas-fantasmas que queriam me beijar.

Este lugar é um inferno!

Saí correndo de volta para o meu quarto, onde a luz da lua não entra. Pelo menos por enquanto, elas não vêm aqui.

25 de junho

A certeza de que vou morrer nas mãos dessas vampiras comedoras de crianças hoje me fez acordar decidido. Talvez porque o conde Drácula não precise mais de mim, ele anda ocupado com outras coisas e não sinto o seu olhar roubando tanto a minha força. Consegui pensar sem que a minha cabeça ficasse enevoada.

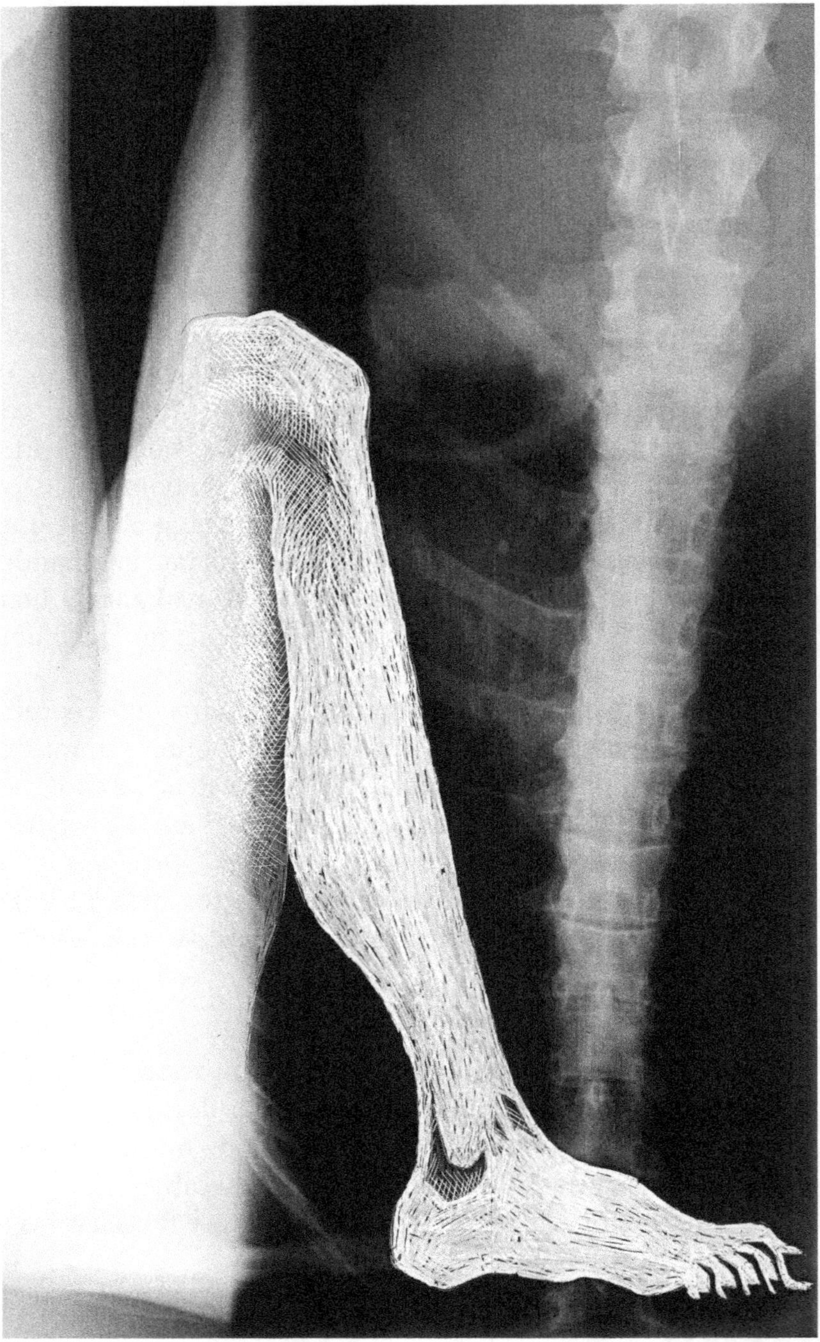

Eu até agora só vi o conde Drácula à noite. Fantasmas, lobos obedientes, sonhos e terrores sempre acontecem depois do pôr do sol. Será que essas criaturas não suportam a luz do dia?

Pretendo ir até o quarto do conde e pegar a chave da entrada enquanto é dia. Sua porta está sempre trancada, já experimentei várias vezes. Vou arriscar fazer o mesmo que ele. Vou descer da janela da saleta até o seu quarto agarrando-me nas saliências dessas pedras velhas. Se eu cair no precipício, não será uma morte pior do que perder todo o meu sangue na boca daquelas mulheres.

Mais tarde

Consegui descer pela parede do castelo, fazendo força para não olhar para baixo. A queda é de uns mil metros, não iria sobrar nada de mim lá embaixo...

Cheguei ao quarto do conde e levei um susto: estava praticamente vazio!

Havia alguns poucos móveis tão empoeirados quanto os do salão das damas e uma pilha de moedas de ouro jogadas no chão. Todas antigas, de pelo menos trezentos anos de idade. Pelo visto, além de não comer como uma pessoa normal, ele tampouco dorme numa cama.

Não encontrei a chave que queria.

No canto havia uma outra porta. Tudo ali me dava medo, o conde podia acordar e aparecer a qualquer instante. Mesmo assim, resolvi ir em frente.

Abri aquela porta e desci uma comprida escada em caracol, mal enxergando os degraus gastos de pedra na pouca luz que entrava por frestas na parede. Caminhei no escuro até chegar a uma sala maior. O cheiro de terra antiga, apodrecida, revirou meu estômago.

Ali era uma capela que tinha sido usada como cemitério. Havia covas antigas e novos buracos cavados no chão.

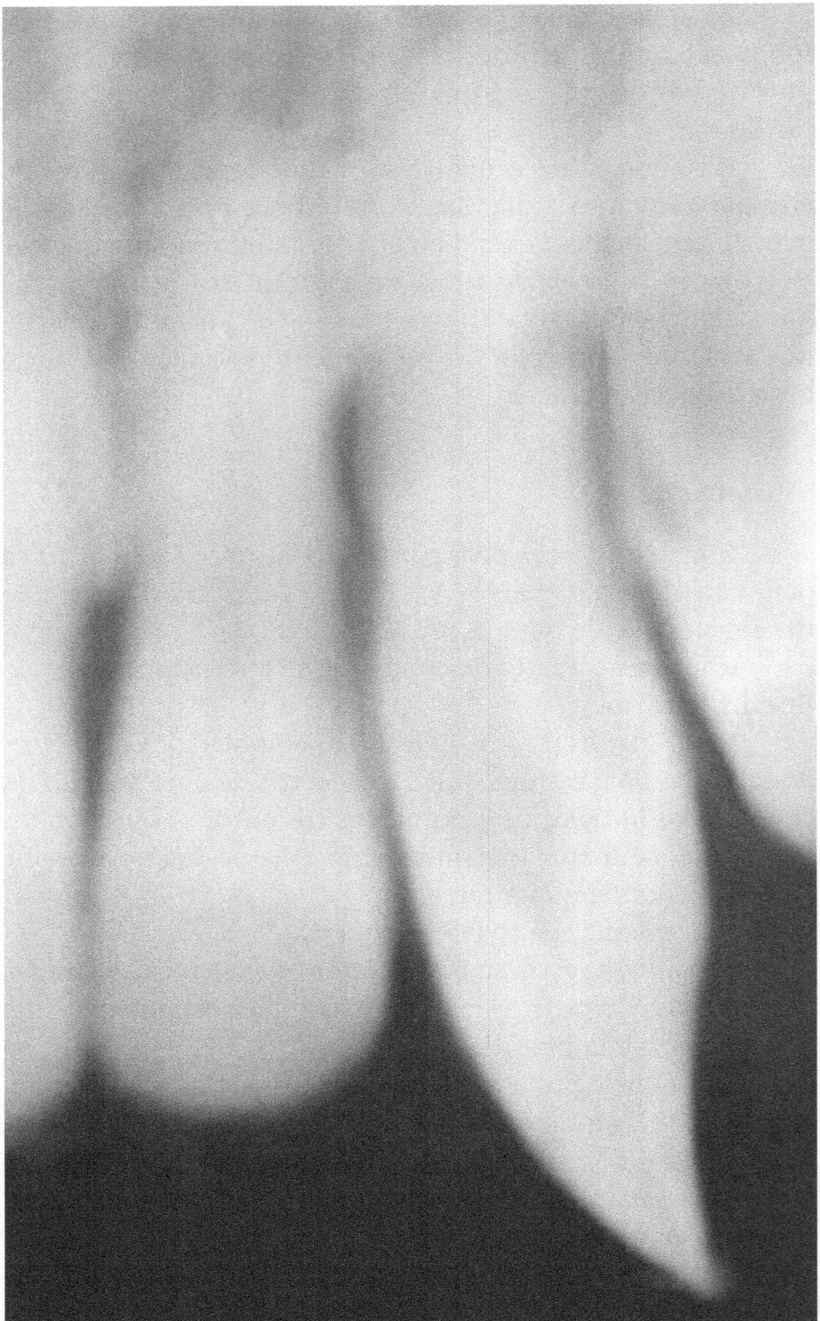

Lá estavam as enormes caixas que os ciganos trouxeram, contei cinquenta delas. Abri uma e tateei. Senti apenas terra, provavelmente a que saíra dos buracos. Por que será que o conde Drácula queria transportar terra de cemitério para a Inglaterra?

Abri outra caixa e meu coração quase parou. O conde estava deitado ali dentro! Jazia imóvel e não respirava, mas seus lábios estavam vermelhos como sempre, e os olhos abertos brilhavam de ódio. Seus cabelos tinham se tornado grisalhos em vez de brancos, e sua aparência era a de um homem mais novo. Do canto da boca corria um fio de sangue já seco, e havia respingos no pescoço e peito daquela criatura horrorosa. Ele devia ter feito uma refeição!

O medo misturou-se ao asco. Tive vontade de acabar com a vida do monstro, mesmo que perdesse a minha junto. Levantei uma pá do chão e o golpeei com toda a minha força.

Sem se mexer, seus olhos malévolos desviaram a lâmina. O que era para rachar sua cabeça apenas resvalou na testa, deixando um corte fino. A pá pulou sozinha de minha mão, bateu na tampa do caixão e o fechou.

Nesse momento, ouvi os ciganos entrarem no pátio com suas carroças. Tinham vindo pegar as caixas!

Subi de volta para a saleta planejando sair pela porta da frente, que devia ter sido aberta por eles. Os ciganos, no entanto, usaram alguma outra passagem, tudo está trancado para mim. Pelo som de marteladas, devem ter fechado as tampas dos caixões e os colocado em suas carroças.

O conde Drácula está indo para Londres! E eu o ajudei!

Não posso passar mais nenhuma noite aqui. Vou descer de novo até o quarto do conde, pegar um pouco do ouro e tentar sair daqui descendo pela parede mesmo. Nada é pior do que virar lanche para aquelas três damas.

Adeus, Mina. Espero vê-la de novo.

Diário de Mina Murray

24 de julho, Whitby

Lucy veio me encontrar na estação. Ela está linda, não admira que tenha recebido propostas de casamento de dois homens no mesmo dia! Fomos para a casa de sua mãe, perto de um belvedere, de onde se vê um lindo rio chamado Esk, que deságua numa baía onde há um porto, com uma entrada ladeada por dois faróis.

Gostei muito do caminho que leva às ruínas da abadia de Whitby, passando por uma velha igreja e um cemitério no alto de um penhasco. A vista de lá é linda, tanto que as pessoas gostam de ficar sentadas nos bancos, olhando o mar. Tenho certeza de que vou passar muitas tardes andando nesse caminho tão bonito.

Lucy me contou sobre os preparativos de seu casamento com Arthur Holmwood. Fiquei feliz por ela, mas triste ao mesmo tempo. Faz mais de um mês que não recebo notícias de Jonathan.

26 de julho

Lucy voltou ao seu velho hábito de infância. Talvez porque esteja nervosa com o casamento, ela tem ataques de sonambulismo. Sua mãe me contou que o pai dela também fazia isso: levantava-se no meio da noite, vestia-se e saía, tudo sem acordar. A velha senhora pediu-me para ficar de olho em minha amiga, já que estamos dividindo o mesmo quarto.

Hoje chegou um telegrama do patrão de Jonathan, informando que ele mandou um bilhete do castelo de Drácula. Parece que saiu de lá no dia 26 de junho, mas eu continuo preocupada.

Jonathan é tão atencioso! Como é possível que não tenha escrito para mim?

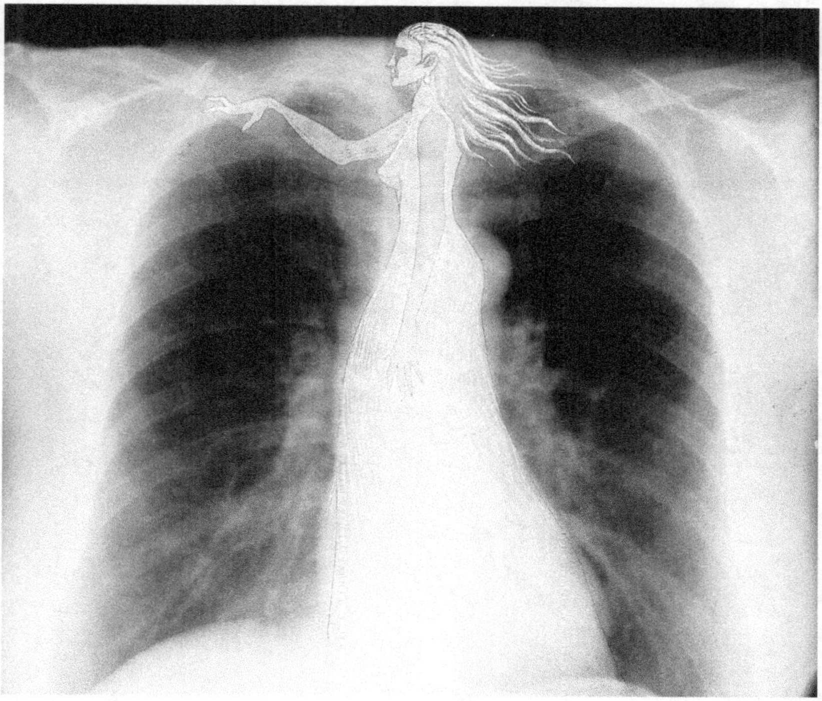

6 de agosto

Esta visita era para ser um descanso, mas fico cada dia mais nervosa. Nem uma linha de Jonathan. E Lucy levanta todas as noites, procurando a chave para sair do quarto. É como se ela recebesse um chamado e quisesse atendê-lo.

Hoje ela ficou especialmente agitada. Não sei se é por causa da tempestade que está se armando, mas Lucy não para quieta. Assim que anoiteceu, ela sentiu sono e quis dormir, mas logo começou a caminhar pelo quarto feito uma fera enjaulada, querendo abrir a porta. Já a coloquei de volta na cama três vezes.

O céu está cheio de nuvens negras, vai ser um temporal daqueles. Todos os barcos que estavam no mar voltaram e estão bem amarrados no porto. Há apenas um barco fora, que um velho marinheiro, com quem eu converso às vezes, disse ser uma escuna russa. Ninguém entende por quê, mas ele não entrou no porto, mesmo com o mar tão bravo.

Recorte do jornal *The Dailygraph*, colado no diário de Mina Murray

8 de agosto

Aconteceu ontem uma das piores tempestades de que se tem notícia nesta região. A tarde foi calma, mas os ventos de sudoeste levantaram ondas brancas, indicativas de uma virada do tempo. O pôr do sol foi magnífico em sua amplitude de cores, e a calmaria do ar no início da noite deixou inquietas as pessoas de temperamento mais sensível.

Todos os barcos se recolheram ao porto. Lá pela meia-noite, a tempestade desabou, levantando ondas que vieram bater nos penhascos de nossa cidade. Para piorar, uma neblina estranhamente incomum numa chuva como aquela cobriu todo o porto.

Uma escuna estrangeira que ainda não havia se aproximado do porto foi trazida pelos fortes ventos e entrou na baía. Amarrado ao timão havia um cadáver! E nenhum outro marinheiro foi visto a bordo.

Impulsionada pelas ondas, a escuna encalhou no banco de areia, rachando parte do casco. Mais incomum ainda foi que várias testemunhas viram um cão do tamanho de um lobo saltar do barco e subir pela trilha que leva à igreja e às ruínas, desaparecendo na escuridão. Não se sabe se pertencia a algum dos marinheiros e ainda não foi localizado.

A única carga a bordo eram vários caixotes contendo terra, que foram desembarcados aos cuidados de uma firma de advogados local.

O homem encontrado a bordo era o capitão, e deixou um diário dos mais estranhos. Percebe-se que fez um esforço para conduzir seu navio até o fim, tendo atado a si mesmo ao timão com um crucifixo em uma das mãos.

Segundo seu diário, a escuna Demeter saiu do porto de Varna, no mar Negro, no dia 6 de julho, com destino a Whitby, com uma tripulação de nove homens. Sua viagem correu sem problemas, com ventos favoráveis, através do estreito de Bósforo, do mar de Mármara e do estreito de Dardanelos. No dia 13, os marinheiros começaram a reclamar. Os dois oficiais tentaram aquietá-los, mas eles achavam que havia alguma coisa esquisita a bordo. No dia 17, um deles disse que tinha visto um estranho na escuna. Era um homem alto e magro, todo vestido de preto. Depois disso, um marinheiro desapareceu, deixando os outros em pânico. O capitão mandou que fizessem uma revista completa do barco. Nada de anormal foi encontrado.

No dia 24 de julho, outro marinheiro sumiu sem nenhum aviso. Ninguém mais quis ficar a postos sozinho. Os tripulantes enfrentaram quatro dias de tempestade, ficando todos exaustos de manejar velas e timão. No dia 28, um dos oficiais desapareceu também. Não foi encontrado sinal de luta.

No dia 29, outros dois homens em serviço sumiram! Já estavam no mar do Norte, perto da costa inglesa, quando se ouviu um grito no meio da noite. De manhã, mais dois homens tinham desaparecido. Restaram apenas o capitão e o primeiro oficial a bordo. Este disse que tinha visto um vulto na proa, muito pálido, à meia-noite, e que o atacara com uma faca, mas parecia estar golpeando o ar. O oficial enlouqueceu. Disse ao capitão que preferia morrer uma morte limpa, no mar, a ser pego por aquele monstro. Jogou-se na água.

O capitão decidiu amarrar-se ao timão de seu barco, segurando um crucifixo para proteger-se da maldição que viajava com ele. Preferiu morrer no seu posto a abandonar a escuna que estava sob seus cuidados.

Está recebendo honras de herói pela nossa cidade de homens do mar.

Diário de Mina Murray

11 de agosto, três da manhã

Fomos dormir tarde, depois de termos feito uma caminhada até o vilarejo mais próximo. Estávamos bem cansadas, eu dormi feito uma pedra.

No meio da noite, acordei de repente, sentindo o quarto vazio. Lucy havia desaparecido. Não quis acordar sua mãe, que tem andado doente. Mas eu precisava fazer alguma coisa. Vesti-me e saí à procura de minha amiga.

A porta da casa estava aberta. Percorri as ruas da cidade, completamente vazias àquela hora da noite. A lua estava cheia, mas nuvens negras cruzavam o céu, tornando o cenário ora iluminado, ora totalmente escuro. Uma brisa fria me arrepiou a pele.

Olhei para a trilha que subia até as ruínas no alto do penhasco, lá do outro lado da cidade. E, de fato, consegui enxergar um vulto branco reclinado em nosso banco favorito, como se estivesse recostado em alguém.

Era um longo caminho de onde eu estava até lá, e os degraus para subir à igreja me pareciam intermináveis. Pensei ter visto um movimento nas sombras atrás do banco, talvez um vulto inclinado sobre Lucy. Minha pele ficou ainda mais arrepiada e senti um suor frio escorrendo de minha testa.

– Lucy, Lucy! – gritei.

No meio das sombras das ruínas, tive a impressão de que uma presença se ergueu e olhos vermelhos me encararam. Corri o mais que pude, subindo a trilha até ficar sem fôlego, mas quando finalmente dei a volta na igreja e cheguei ao banco onde Lucy estava, não vi sinal de nenhum outro ser vivo. Ela estava sozinha e ainda dormia!

Respirava com dificuldade e estava toda arrepiada de frio. Enrolei-a em meu xale e o prendi com um alfinete de segurança.

Devo tê-la ferido sem querer, porque ela colocou a mão no pescoço e gemeu. Havia uma gota de sangue na gola de sua camisola.

Acordei-a com gentileza para que não se assustasse e voltamos sem que ninguém nos visse. Ainda bem, porque ela estava vestida de maneira muito pouco apropriada para uma moça que vai se casar em breve. Seria difícil explicar o que fazíamos nas ruínas às duas da manhã.

17 de agosto

Lucy não está bem. Toda noite ela tenta sair do quarto. Às vezes para, como se ouvisse uma voz, mas eu não escuto nada. Agora mantenho a porta trancada, para não correr nenhum risco.

Ontem ela se queixou de cansaço e foi deitar-se mais cedo. Saí para dar uma volta sozinha e, quando voltava pela nossa rua, olhei para cima, na direção de nosso quarto. Lucy estava debruçada, com a cabeça no peitoril da janela aberta, dormindo! Um morcego grande voava ao seu redor.

Não sei por que motivo, mas Lucy está cada dia mais pálida. Ela come bem e nós passeamos bastante. Ainda assim, minha amiga perdeu a cor rosada e saudável, está emagrecendo e não tem ânimo nem para organizar o próprio casamento!

Perguntei-lhe se ela se lembrava daquela noite em que foi até as ruínas. Ela disse que pareceu um sonho. Recorda-se vagamente de ter andado pela cidade enquanto todos os cães

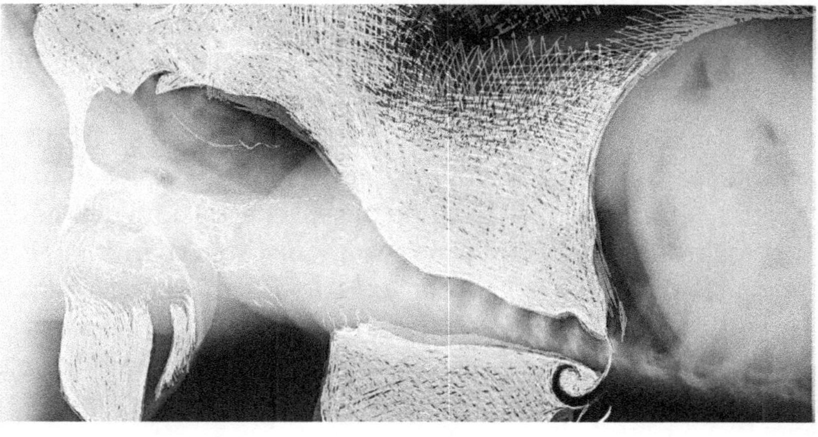

uivavam. Teve uma vontade imensa de sentar-se em nosso banco favorito. Percebeu uma presença escura, com olhos vermelhos como o sol poente, ao seu lado. Experimentou um sabor doce e amargo ao mesmo tempo. Seu espírito flutuou para fora do corpo e ela se observou do alto. Quando a acordei, sentiu como se voltasse à terra.

Não gostei nada do que ela me contou. Alguma coisa ruim está nos rondando, sinto uma presença no ar.

Arthur veio visitar-nos e também ficou muito preocupado com a palidez de Lucy. Pediu a seu amigo, o doutor Seward, para vir examiná-la.

19 de agosto

Finalmente tive notícias de Jonathan! Ele ficou doente, está internado num hospital em Budapeste. Recebi uma carta das freiras que estão cuidando dele. Meu pobre querido! Pegou uma febre cerebral, está de cama há seis semanas. Parece que sofreu um choque horrível, porque chegou a Klausenburg enlouquecido, gritando coisas sem sentido. Vou até lá encontrar-me com ele, parto hoje mesmo.

24 de agosto, Budapeste

Casei-me hoje com Jonathan. Ele ainda está de cama, mas irmã Agatha, que tem cuidado dele desde que chegou aqui, disse que logo ele vai poder voltar à vida normal. Jonathan levantou-se para a cerimônia, bem simples, em que um padre nos abençoou e trocamos alianças. Estou muito feliz!

Jonathan não me contou, mas alguma coisa horrível aconteceu com ele. Não foi uma outra mulher, fiquei aliviada em descobrir. Irmã Agatha disse que ele chegou aqui delirando a respeito de lobos, fantasmas e sangue. Meu marido (agora posso chamá-lo assim!) me deu o diário de sua viagem e permitiu que eu o lesse quando achasse apropriado.

Fizemos um pacto de confiarmos tudo um ao outro, e ele já começou a cumprir a sua parte.

Diário do doutor John Seward

26 de agosto

Arthur mandou-me uma carta ontem. Ele está cuidando do pai e não pode ir a Whitby como gostaria. Coitado de meu amigo: o pai e a noiva doentes ao mesmo tempo! Segundo o que ele conta, ela está com algum tipo de anemia.

Fiquei com o coração apertado ao saber que Lucy não está bem. Apesar de ela ter escolhido Arthur, é claro que ainda estou apaixonado por essa mulher adorável. Vou pegar o trem para Whitby amanhã cedo e fazer tudo para que ela recupere a saúde.

O trabalho aqui no manicômio pode suportar minha ausência. Vou apenas deixar ordens para que vigiem Renfield com atenção. Ele agora está ingerindo aranhas, é meu paciente louco mais interessante. Acredita que absorve a força delas ao comê-las! Disse ontem que o mestre se aproxima e que terá mais poder do que todos nós.

2 de setembro, Whitby

Lucy está muito diferente da mulher que conheci. Sua cor não denota saúde, mas ao examiná-la não encontrei a causa da doença. Disse-me que tem tido um sono bastante pesado e que passa os dias letárgica. Sua respiração é difícil.

Seu apetite é normal. O ar puro desta cidade à beira-mar devia fazer-lhe bem, não entendo o que está acontecendo. Fiquei muito perturbado em ver uma moça tão linda, às vésperas de casar-se com um homem excelente como Arthur, querer passar os dias recostada no sofá.

Telegrafei ao meu antigo professor, doutor Van Helsing, pedindo-lhe o favor de vir examiná-la. Se existe alguém que entende de doenças misteriosas, esse alguém é ele.

3 de setembro

O professor Van Helsing veio de Amsterdã para visitar Lucy. Conversou bastante com ela e saiu preocupado. Disse que vai consultar alguns livros antigos, o caso dela não é comum. Ele parece ter uma ideia do que se trata, mas não me falou qual é o diagnóstico. Confio muito na sabedoria do professor, ele sempre me ajudou em casos complicados.

Voltei para o manicômio apreensivo.

Renfield teve um ataque hoje. Seu comportamento costuma ser calmo, mas ele ficou muito agitado quando anoiteceu. Gritava que queria sair e encontrar-se com o mestre.

Perto da meia-noite, atacou o vigia e fugiu! Isso nunca tinha acontecido. O enfermeiro deu o alarme e saímos todos correndo atrás do nosso paciente comedor de aranhas. Ele pulou o muro e entrou na propriedade ao lado, que felizmente está abandonada. Nós o alcançamos perto de uma capela em ruínas que existe nessa casa vizinha. Foram necessários quatro homens para segurá-lo e trazê-lo de volta, Renfield estava muito raivoso.

Que dia!

7 de setembro, Whitby

O professor Van Helsing chegou novamente de Amsterdã para cuidar de Lucy. Viemos a Whitby, mas estamos disfarçando nosso exame como uma visita. Não queremos deixar a mãe da moça preocupada, já que a velha senhora tem problemas de coração.

Meu professor trouxe um bocado de coisas estranhas para o tratamento: rencas e rencas de alho, além de rosas selvagens e um grande crucifixo de ouro. Este, ele pendurou na cabeceira da cama de Lucy, dizendo que o poder dos símbolos sagrados é muito maior do que imaginamos.

Ela passou os últimos dias deitada e está muito pior. Não parece ter uma gota de sangue no corpo, tamanha é a sua palidez. Estou muito nervoso, nem consigo pensar direito.

Fizemos uma transfusão de sangue de mim para ela. Foi doloroso, precisei doar muito para fazer alguma diferença, mas faço qualquer coisa por ela. O que aconteceu com minha querida? Que mal horrível é esse que a está consumindo?

Van Helsing pediu minha ajuda para arrumar o quarto. Juntos, penduramos o alho em torno da janela, da lareira e da porta. Ele trançou ainda uma espécie de colar com a renca e o colocamos ao redor do pescoço da doente.

O cheiro ficou fortíssimo, ainda mais porque meu caro mestre fechou a janela e as cortinas, impedindo assim a entrada de ar fresco. Lucy sorriu com aquela decoração extravagante, mas não reclamou. Ela aceita as ordens de Van Helsing por completo.

Eu também. Por mais estranhas que sejam suas decisões, ele é o único que parece saber o que está acontecendo.

Estamos agora em nossa hospedaria, pois não ficaria bem passarmos a noite na casa de Lucy e sua mãe. Perguntei, mas o professor não quis explicar-me que mal é esse que combatemos.

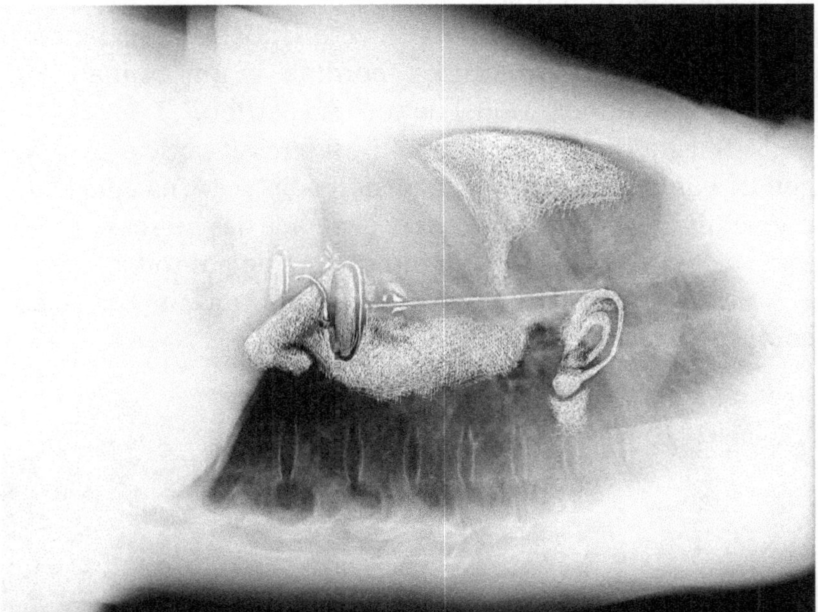

– Não tenho certeza ainda, meu caro John. Vamos esperar para confirmar se interpretei os sinais corretamente.

12 de setembro

Nem sei como escrever sobre tudo o que aconteceu. Deus do céu, deu tudo errado!

Quando voltamos à casa de Lucy na manhã seguinte, sua mãe nos disse que ela ainda estava dormindo. Subimos para visitar nossa paciente e o alho tinha desaparecido!

– Ontem vim vê-la no meio da noite. O quarto estava tão abafado que tive de abrir a janela. Tirei também o alho daqui, o cheiro forte não pode fazer bem a uma moça que está de cama – disse a senhora Westenra.

Confesso que senti o sangue subir à cabeça. A velha senhora tinha desmanchado o único tratamento que podia servir para alguma coisa!

Van Helsing manteve sua polidez, mas eu precisei cerrar os dentes para não gritar com a senhora Westenra.

Lucy estava morta.

Encontramos dois pontos vermelhos em seu pescoço pálido como cera, pareciam a mordida de um animal. Fora isso, ela estava linda. Fiquei de coração partido.

Telegrafei a Arthur dando-lhe a terrível notícia. Ele chegou de Londres ao meio-dia para despedir-se de sua amada. Os preparativos foram feitos à tarde, e metade das pessoas do vilarejo veio ao velório. Lucy era muito querida por todos.

Arthur e eu passamos a noite chorando, inconsolados com a perda de uma mulher tão doce.

Diário de Mina Harker

20 de setembro, Exeter

Nossa viagem de volta à Inglaterra foi perfeita. Estou me acostumando à vida de casada, cuidando da casa e colocando ordem nos papéis de meu marido. Jonathan voltou a trabalhar na firma de advocacia e parece recuperado. Sente ânimo e já não tem mais pesadelos sobre a Transilvânia.

Li seu diário e fiquei horrorizada. Nem sei bem o que é verdade e o que ele imaginou ali trancado com aquele conde esquisito, mas com certeza correu perigo. Graças a Deus ele conseguiu escapar! De qualquer forma, espero nunca mais ouvir falar desse assunto.

Escrevi hoje a Lucy perguntando-lhe sobre o casamento. Deve ser no final do mês, preciso escolher um presente para minha amiga.

22 de setembro

Hoje fui a Londres para encontrar-me com Jonathan. Eu queria comprar algumas roupas de inverno para ele, já que voltou sem bagagem nenhuma da Transilvânia.

Estávamos decidindo por onde começar as compras em Piccadilly quando ele parou, de repente, no meio da calçada. Ficou pálido e seus olhos se arregalaram.

– É o conde Drácula! Olhe ali! Só que ele está mais novo!

Olhei para a direção em que Jonathan apontava e vi apenas as costas de um cavalheiro alto e magro, vestido numa casaca negra.

Será que essa criatura macabra existe mesmo? E está em Londres?

Sinto um nó no estômago. Não vem boa coisa pela frente, tenho certeza.

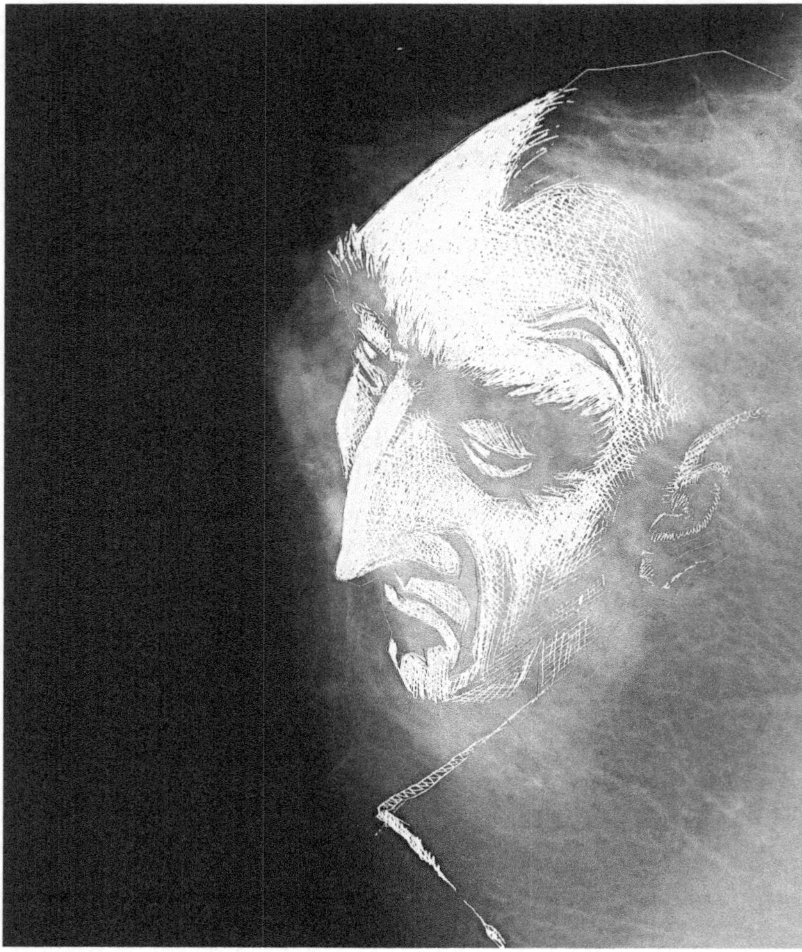

24 de setembro

Outra péssima notícia: Lucy está morta! Aquela doença estranha a levou!

Um tal de professor Van Helsing respondeu minha carta. Disse que é amigo de Arthur e do doutor Seward. Ele está estudando a morte de minha amiga e quer falar comigo. A senhora Westenra contou-lhe que somos – éramos – grandes amigas, e ele deseja saber mais sobre Lucy no período em que a visitei em Whitby.

Arthur deve estar arrasado! E o doutor Seward também!

Decidi telegrafar ao professor convidando-o a vir encontrar-se comigo.

Estou tão triste que nem consigo enxergar através das lágrimas.

25 de setembro

O professor Van Helsing veio visitar-me. Ele é um cavalheiro muito distinto, de cabelos brancos e olhos de quem já viveu muito. Parece ter sofrido com a morte de Lucy, apesar do pouco que a conheceu, pois ficou com a voz trêmula quando me contou de sua morte.

Mostrei-lhe meu diário e ele leu com muita atenção. Agradeceu-me e fez elogios ao meu poder de observação. Disse que encontrou o que estava procurando.

– E o que era, professor?

– Sua amiga foi atacada por uma criatura de poderes extraordinários. Ela é bem mais conhecida nos países da Europa Central, onde há muitas lendas a seu respeito.

Imediatamente pensei no conde Drácula.

– Que tipo de criatura, professor?

– Alguém que vive à noite e se alimenta de sangue, cara senhora Harker.

Então, cada palavra que Jonathan escreveu em seu diário é verdade!

Fiquei aliviada pela certeza de que meu marido não imagina coisas, mas pensar que estivemos perto desse monstro na rua outro dia deixou meus cabelos em pé.

Contei ao professor sobre a viagem de Jonathan. Ele ouviu como se bebesse cada palavra minha, seus olhos brilhando de atenção. Pediu-me o enorme favor de deixá-lo ler o diário, mas eu lhe disse que está taquigrafado.

Prometi que iria fazer uma transcrição e entregar-lhe assim que possível.

Diário do doutor John Seward

26 de setembro

O professor Van Helsing permaneceu comigo em Londres, apesar da perda de nossa paciente. Ele ainda não me contou o que acha que a matou, mas parece estar fazendo um estudo profundo do assunto. Mandou vir uma série de livros antigos de Amsterdã, que tem lido em várias línguas.

Analisou também a correspondência de Lucy, com a devida permissão de sua mãe, e ontem contatou sua melhor amiga, Mina Harker.

Voltou da visita completamente transtornado. Hoje mostrou-me um parágrafo do jornal A gazeta de Westminster:

> **Mistério em Hampstead**
>
> Nos três últimos dias, oito crianças do bairro de Hampstead foram atacadas. Elas relatam que, ao anoitecer, uma moça bonita, vestida apenas de camisola, veio brincar com elas. Deu-lhes um beijo e, depois, as crianças não lembram de mais nada. Todas elas ficaram várias horas desaparecidas e, quando voltaram para casa, estavam fracas e adoentadas.
>
> Ao serem examinadas no hospital de Hampstead, descobriu-se que apresentam marcas de mordida no pescoço. A polícia está investigando, mas ainda não tem declarações a fazer a respeito do possível animal que as atacou ou da misteriosa dama.

– Era isso que eu temia – o professor me disse quando acabei de ler.

Não soube o que pensar.

– Marcas no pescoço como as de Lucy? Será que estamos sofrendo de alguma epidemia desconhecida? – eu arrisquei.

– Não, meu caro amigo John. As marcas foram feitas pela própria Lucy.

Perdi a cabeça.

– O senhor enlouqueceu? Lucy morreu! – eu gritei descontrolado, dando um soco na mesa.

– Infelizmente, aconteceu algo bem pior, meu caro John. Por favor, chame seu amigo Arthur. Vamos fazer uma pequena excursão hoje à noite. Estou farto de suposições e teorias, quero provas. Resolveremos o mistério da morte de Lucy Westenra de qualquer jeito.

Se não conhecesse o professor Van Helsing há tanto tempo, eu o teria julgado senil. Como ousava falar da mulher que me encantava, dizendo que raptava crianças depois de morta?

27 de setembro

Não foi nada fácil convencer Arthur a nos acompanhar, já que eu mesmo tinha algumas dúvidas quanto à sanidade do professor. Ainda assim, visto que se tratava de nossa querida Lucy, meu amigo concordou em nos encontrar em frente ao Hotel Berkeley.

O professor apareceu no horário, carregando uma pesada mala. Sem falar muito, ele nos guiou pelas ruas escuras até o cemitério onde a família Westenra tinha seu jazigo. O portão já estava fechado quando chegamos, fomos obrigados a pular o muro para entrar. Apesar da escuridão, Van Helsing dirigiu-se a passos firmes até o túmulo de Lucy, como se já tivesse pesquisado o caminho.

Antes que qualquer um de nós pudesse impedi-lo, o professor colocou sua maleta em frente ao túmulo, tirou dela um pé de cabra e abriu a porta de ferro com um rangido.

– O que o senhor está fazendo?! – Arthur exclamou num sussurro bem audível.

– Prezado lorde Godalming, é preciso que o senhor veja para acreditar. O que vamos fazer é para o bem de sua noiva.

Dito isso, ele entrou no jazigo e acendeu uma vela para que o seguíssemos.

Olhei para Arthur, e ele para mim, pensando na loucura que era aquilo. Mas, uma vez que já estávamos dentro do cemitério no meio de uma noite sem lua, no interior do jazigo silencioso e coberto de flores em decomposição, não havia como recuar.

O jazigo da família Westenra era até bem espaçoso, coubemos os três em pé lá dentro, respirando o ar pesado daquele cubículo fechado. Van Helsing foi lendo as plaquetas de metal de cada caixão para localizar o de Lucy. Sem pedir ajuda, o professor puxou o caixão da prateleira para o chão com uma força surpreendente em alguém de tantos anos.

– O que o senhor está fazendo?! – Arthur repetiu, incrédulo, ao ver o velho holandês ajoelhar-se, retirar uma chave de fenda de sua maleta e desatarrachar a tampa do caixão.

Sem responder, Van Helsing levantou a tampa. Nós dois olhamos por cima de seu ombro, preparados para encontrar o corpo de Lucy rígido e malcheiroso.

Com um sobressalto, percebemos que o caixão estava completamente vazio!

– Mas o que está acontecendo? – Arthur exigiu saber, desta vez em voz alta.

– Meu nobre senhor, sua noiva passou por uma transformação.

– Ela está viva?

– Não, mas tampouco está morta. Ela agora é uma nosferatu, uma morta-viva.

O professor fechou a tampa, colocou o caixão de volta e pediu que saíssemos do jazigo. Conduziu-nos até uma grande nogueira na beira do caminho e pediu que esperássemos nas sombras atrás do tronco.

Eu não sabia o que pensar. Onde estava Lucy? Quem tinha tirado seu corpo dali?

O silêncio daquele lugar era completo, nem grilos cantavam na noite. Foi portanto com um arrepio gelado na espinha que ouvi passos leves no cascalho do caminho.

Arthur também parecia totalmente alerta. Ainda bem que eu não estava sozinho naquele lugar apavorante!

Vimos um vulto esbranquiçado andando pela alameda de árvores e túmulos, vindo na nossa direção. Era uma mulher vestida com uma camisola, carregando no colo uma criança de uns cinco anos.

Era Lucy!

Van Helsing pulou de trás da árvore, plantando-se no caminho da morta-viva. Arthur e eu também nos aproximamos, querendo ver de perto o que parecia ser a mulher que ambos tínhamos amado.

Lucy estava linda, muito mais voluptuosa que em seus últimos dias de doença. Ela olhou para nós três sem medo, depositou a criança desacordada no chão e sorriu para Arthur com lábios cheios e vermelhos.

– Meu noivo querido, dê-me um beijo! – convidou, estendendo os braços.

– Não chegue perto dela, meu lorde! – avisou Van Helsing, de modo ríspido.

O professor avançou na direção de Lucy com um crucifixo na mão. Ela pulou para trás, arreganhou a boca mostrando dentes afiados e soltou um sibilo raivoso. Ele tirou do bolso uma hóstia, e a criatura na forma de Lucy fugiu.

Até agora não acredito no que vi. Ela correu na direção do túmulo da família Westenra e passou pela fresta da porta fechada! Uma mulher que parecia viva e sólida na nossa frente se esgueirou por uma abertura mais fina que um dedo!

Arthur e eu nos olhamos, depois encaramos o professor. Queríamos uma explicação!

– Lorde Godalming, amigo John, agora acreditam que estamos lidando com uma criatura não humana?

Nós dois sacudimos a cabeça sem dizer nada.

– Então vamos terminar o serviço, meus caros. Primeiro, precisamos devolver essa criança.

O menino que Lucy deixara no chão ainda estava desacordado. No seu pescoço havia duas marcas vermelhas, como já tínhamos visto em Lucy. Eu o peguei no colo e, com a ajuda de Arthur, pulamos o muro do cemitério e o levamos até o parque. Sabíamos que ali a polícia fazia uma ronda constante, foi só esperar um pouco até ouvirmos passos pesados de um policial ao longo da alameda. Deixamos o menino bem no meio do caminho e nos escondemos. O policial parou, pegou a criança no colo e foi embora rápido na direção da delegacia.

Voltamos ao cemitério, onde o professor nos ficara esperando. O dia começava a clarear, as aves dando os primeiros cumprimentos ao sol que ia nascer. Eu estava exausto, mas sabia que ainda tínhamos trabalho pela frente.

O professor abriu novamente o túmulo e entramos. Dessa vez, pediu nossa ajuda para baixar o caixão de Lucy, que estava muito mais pesado. Levantou mais uma vez a tampa e vimos Lucy ali deitada, linda como nunca, porém pálida e imóvel.

– Ela não morrerá sem a nossa ajuda. Pior. Nesse estado, ela precisa de sangue para se alimentar. Cada pessoa que morder vai acabar se transformando numa nosferatu como ela. Se lhe dermos paz, as crianças que atacou perderão a marca e voltarão ao normal.

Senti um aperto no estômago. O que o professor queria dizer com "dar-lhe paz"?

– Li muito sobre esses seres, a quem também chamam de vampiros. A única forma de matá-los é com uma estaca atravessada no coração – explicou Van Helsing, enquanto tirava de sua maleta um pesado martelo e uma longa estaca de madeira, bem afiada.

Apesar de ser médico e já ter visto muito sangue, senti meus joelhos amolecerem. Eu não teria coragem de fazer aquilo.

Arthur me surpreendeu. Com certeza, sua vida de nobre em meio a elegantes cerimônias não o tinha preparado para aquilo. Mesmo assim, pegou com firmeza as ferramentas e apertou os lábios com decisão.

Colocou a ponta da estaca sobre o coração de Lucy e golpeou com força, sem desviar os olhos. Ela soltou um guincho horrível, completamente animal. Arthur continuou golpeando, sem se importar com os espirros de sangue, até o corpo ficar quieto. Uma expressão de paz tomou as feições de Lucy, que voltou a parecer humana.

Arthur chorou e sorriu ao mesmo tempo.

Voltamos para casa aliviados, sabendo ter feito o necessário para a paz da alma da mulher que nós dois amávamos.

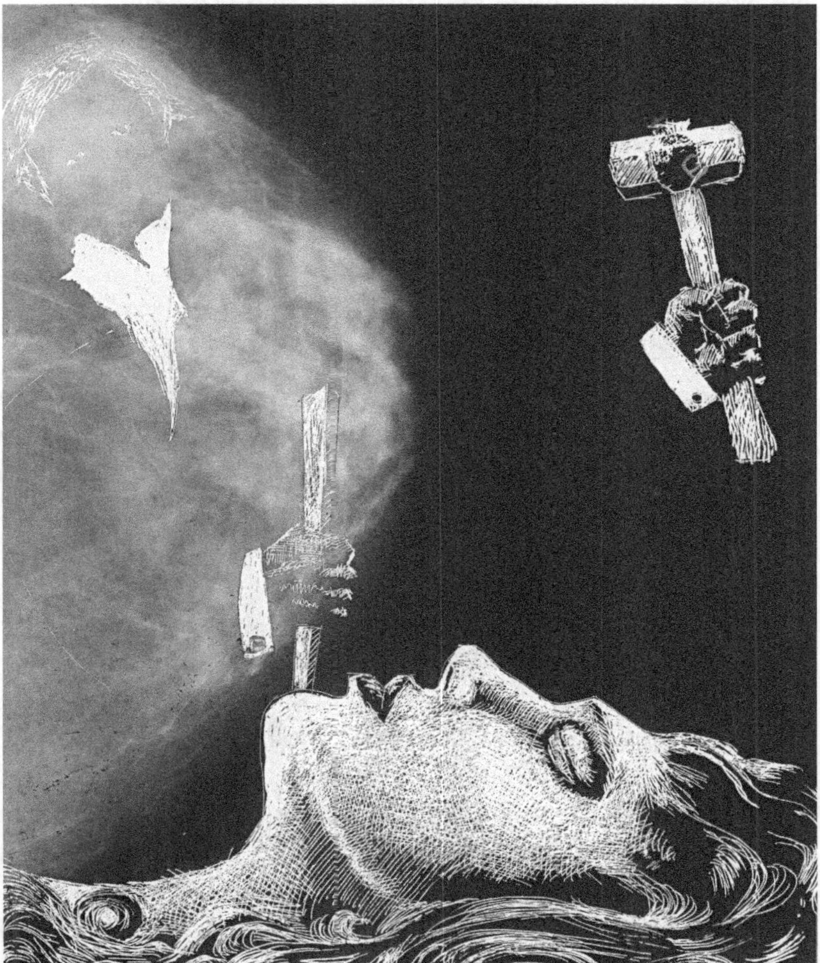

Diário de Mina Harker

29 de setembro

Jonathan permitiu que eu transcrevesse seu diário e o datilografasse. Ele parece aliviado, quase feliz por ter encontrado alguém que compreende o que é o conde Drácula.

Hoje mandei um telegrama ao professor Van Helsing, e ele respondeu imediatamente, convidando-nos para uma reunião em Carfax.

Trata-se do manicômio onde trabalha o doutor Seward – o outro pretendente de Lucy!

Vamos para lá amanhã cedo. Nem sei se vou conseguir dormir, estou tão apreensiva.

30 de setembro, Londres

Jonathan e eu chegamos cedo. O manicômio é uma casa imensa, cheia de quartos. Os doentes mentais ficam em outra ala, separada de onde estamos por um corredor bem guardado por enfermeiros.

Fomos levados a um belo estúdio, que se abre para o gramado. Lá estavam Arthur (quer dizer, lorde Godalming), o doutor John Seward e o professor Van Helsing. Todos tinham uma expressão severa no rosto, como se precisassem tomar uma decisão difícil.

O professor contou, com seu sotaque estrangeiro, o que eles tinham feito com Lucy no cemitério. Minha cabeça girou ao imaginar minha amiga tão transformada; tive de fazer força para não chorar na frente daqueles senhores todos. Jonathan, para meu espanto, ficou muito calmo. Acho que as experiências que ele teve na Transilvânia finalmente estão fazendo algum sentido.

Ele contou de sua estada no castelo de Drácula em voz firme e direta. Passei aos outros a transcrição de nossos diários – meu e dele. Felizmente, Jonathan tinha anotado todos os endereços dos negócios do conde. Ao compararmos o que sabíamos, percebemos que Drácula havia comprado a casa ao lado do manicômio onde estamos!

Ele é nosso vizinho! Não é à toa que o paciente Renfield pressentiu sua chegada.

Os homens prepararam um plano de ação. Eles precisam encontrar e destruir as cinquenta caixas contendo terra do cemitério dos Dráculas, pois é nelas que o conde descansa durante o dia. Eles precisam encontrar o próprio conde também durante o dia, pois à noite sua força é imensa, ele pode se transformar num lobo ou num morcego, ou desaparecer como fumaça. Percebemos ainda que ele controla os elementos da natureza, que comandou a tempestade para trazer o navio russo até Whitby e desembarcou na forma de um lobo.

Enquanto conversávamos, um enorme morcego veio voar do lado de fora da janela. Arthur, que parece ainda muito abalado com o que precisou fazer com Lucy, levantou-se num pulo, sacou um revólver do bolso e saiu correndo para o gramado. Ouvimos vários tiros.

Lorde Godalming retornou ao estúdio depois de alguns minutos, sua respiração acelerada de raiva:

– Precisamos acabar com essa praga o quanto antes, para que não morda outras pessoas como Lucy! Não quero viver num país de vampiros!

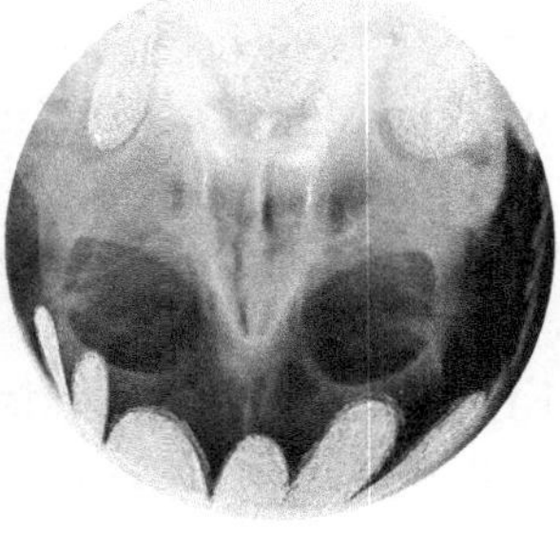

Diário de Jonathan Harker

1.º de outubro, Londres

Não imaginava que um dia fosse voltar a escrever um diário, mas tampouco imaginei que fosse lidar com o conde Drácula novamente.

Estou de certa forma aliviado. É muito melhor agir do que ter medo. Seward, Van Helsing, lorde Godalming e eu juramos perseguir Drácula até a morte. A dele ou a nossa.

Começamos pela casa em Carfax. Eu já a conhecia de fora, pois fiz uma inspeção antes de o conde comprá-la. Infelizmente, não tenho a chave.

Pulamos o muro e atravessamos o terreno malcuidado, cheio de mato. Só havia silêncio, nenhum sinal de gente no lugar.

A mansão foi bonita um dia, mas atualmente encontra-se em ruínas. O conde não chegou a fazer nenhum reparo desde que chegou, o que nos ajudou. A porta da frente, bastante apodrecida, não estava trancada.

Empurramos com força, causando um rangido ensurdecedor na tarde quieta. Dentro da mansão, encontramos salas empoeiradas como as do castelo de Drácula, com mobília abandonada e espessas teias de aranha nos cantos.

O professor perguntou onde era a capela. Eu me lembrava, pela planta, que ficava à direita.

Seguimos por um corredor escuro e forrado de pó. Antes mesmo de chegarmos à capela, senti o cheiro de terra antiga, podre, que tinha revirado meu estômago no cemitério do castelo. E, de fato, quando entramos no templo, encontramos vinte e nove das caixas que procurávamos.

Lorde Godalming abriu cada uma delas com raiva, querendo enfrentar seu inimigo, mas o conde não estava ali.

O professor, sempre prevenido, tirou de uma sacola uma série de hóstias abençoadas.

– Consegui uma licença papal para usá-las – informou-nos.

Partimos as hóstias em pedaços e esterilizamos os caixões com elas. Vampiros não suportam a luz dos verdadeiros símbolos religiosos. O conde Drácula não vai mais poder descansar naquele lugar.

Voltamos para o manicômio no começo da noite, pensando no próximo passo que daríamos.

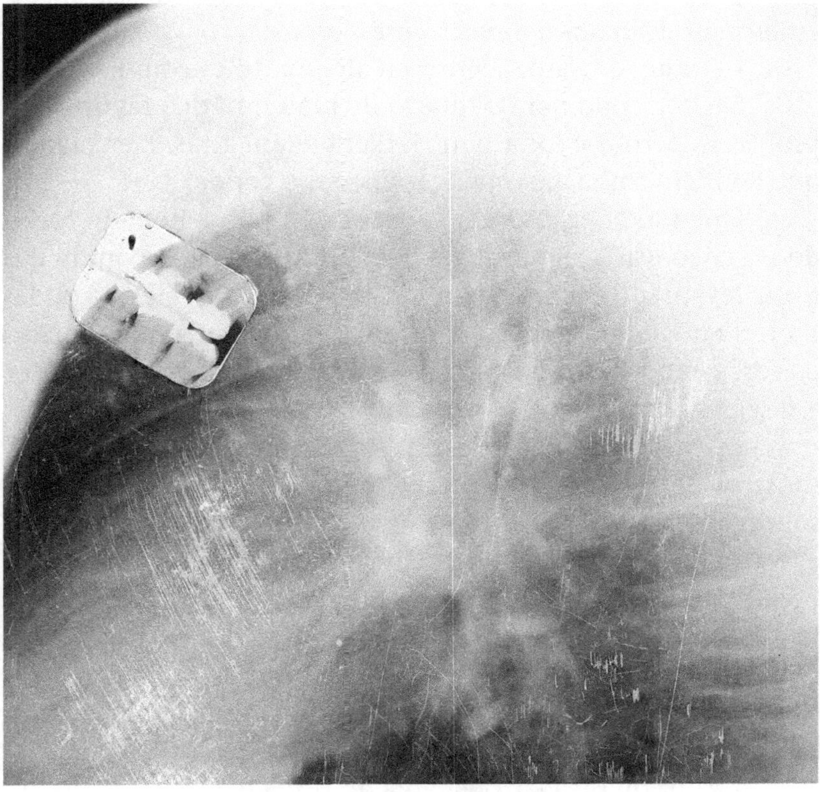

Diário do doutor John Seward

2 de outubro

Ontem à noite, depois da visita à casa do conde, fizemos uma reunião. Deixamos a senhora Harker de fora, pois nos parece que o embate que temos pela frente é pouco apropriado para uma dama.

Estávamos no estúdio quando ouvimos um grito lancinante, vindo da ala dos doentes mentais. Logo em seguida, o enfermeiro Paul abriu a porta apressado.

– Doutor Seward, aconteceu alguma coisa com Renfield!

Saí correndo para o quarto de meu lunático favorito. O professor, Arthur e Jonathan Harker vieram atrás. Eles sabiam que Renfield tinha alguma ligação com o conde.

Quando chegamos, encontramos o pobre homem torcido no chão. Parecia que alguém com uma força descomunal o tinha levantado e atirado contra o solo. Sozinho, ele não poderia ter feito aquele estrago consigo mesmo, ainda que tomado da força extraordinária que os doentes mentais costumam ter em seus ataques.

Medi sua pulsação e fiz um exame rápido. Ele dava mostras de hemorragia interna, tive certeza de que não ia sobreviver.

– O que aconteceu, Renfield?

– Doutor, o mestre chegou. Ele apareceu diante de minha janela e me ofereceu poder!

– Como era esse mestre, Renfield?

– Era um morcego grande, que depois se transformou num homem!

Arthur quase agarrou a gola do homem.

– Ele veio aqui? Onde é que essa criatura está? Diga!

Renfield é um doente mental que não gosta de ser pressionado. Fechou a boca e tive medo de que morresse sem nos contar tudo. Fiz um gesto ao professor para que levasse Arthur para o corredor.

– Você obteve o poder que queria, Renfield?

– Ele me disse que eu precisava abrir a janela. Eu tinha de dizer: "Entre em minha casa. De livre e espontânea vontade, eu o convido a entrar".

– E foi o que você fez?

– Sim, doutor. Mas aí, quando pedi que me desse poder como tinha prometido, ele riu. Agarrei-me ao seu braço e quis mordê-lo. Ele me jogou então no chão como se eu pesasse menos do que as aranhas.

Quase ri da maluquice de Renfield, querendo sugar o poder de um vampiro!

– John, meu caro, isso quer dizer que ele entrou nesta casa! Um vampiro não pode entrar antes de ser convidado, mas depois vai e vem quando quiser.

O aviso do professor fez meu coração bater fora de compasso. Dei um sedativo a Renfield para que expirasse sem dor e pedi a Paul que lhe fizesse companhia. Nós quatro precisávamos inspecionar o manicômio imediatamente.

Jonathan Harker não hesitou. Correu direto para o quarto que reservei para ele e sua esposa. A porta estava trancada.

Nervoso, ele se jogou contra a sólida madeira. Nós todos ajudamos e conseguimos arrombar a porta.

Lá dentro, encontramos a pior cena possível: a senhora Harker estava ajoelhada na cama, os olhos fechados como que em transe. O conde Drácula estava à sua frente, segurando suas mãos e ombros. Pelas marcas vermelhas no pescoço da moça, ele já havia atacado.

Minha garganta apertou-se, senti uma fúria imensa invadir meu coração. Pulei na direção do monstro sem pensar, mas Jonathan saltou antes. Em vão.

Sorrindo para nós com dentes afiados, o sangue de Mina Harker ainda escorrendo de seus lábios, o conde tornou-se uma fumaça luminosa. Nenhum de nós conseguiu agarrá-lo. Depois ele escapou por uma fresta da janela, desaparecendo na noite.

Diário de Jonathan Harker

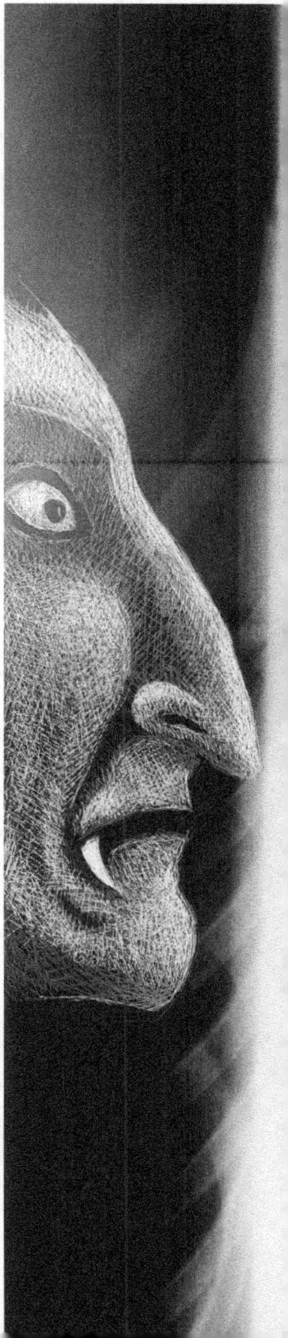

2 de outubro

Mina foi atacada! Até agora não me conformo. Minha esposa nas mãos daquele ser nojento! Sinto tanta raiva que gostaria de dar uns tiros, como lorde Godalming.

Ela acordou do transe com um susto. Olhou para nós dentro do quarto, para o sangue que manchava a gola de sua camisola e compreendeu tudo.

O professor Van Helsing tentou nos acalmar. Tirou uma hóstia de sua sacola e tocou a testa de Mina para abençoá-la.

Mina soltou um grito horrível, e uma cicatriz vermelha apareceu na sua fronte, como uma queimadura. Ela já fora tocada pela maldição de Drácula, por isso não suportava o contato com símbolos sagrados!

Pela primeira vez vi minha mulher, que sempre foi forte, chorar em público.

Prometi a mim mesmo que vou matar aquela coisa, não importa como, e limpar esse horror da vida de Mina.

3 de outubro

Consultei meu diário e encontrei o nome da firma de advogados de Whitby que o conde contratou para despachar suas caixas. Já que não estavam todas em Carfax, devem ter sido enviadas a outro local também.

Peguei o trem das oito da manhã até o vilarejo portuário e fiz uma visita aos meus colegas. Deixei claro que trabalhávamos para o mesmo cliente, mostrando-lhes a procuração que Drácula havia dado à minha firma. Como gentileza profissional, eles me forneceram o endereço de uma casa no centro de Londres que o conde tinha comprado por intermédio deles.

Telegrafei o endereço a lorde Godalming. Ele foi, na companhia do professor e do doutor Seward, inspecionar o local. Voltei no trem do meio-dia e encontrei-me com eles no parque em frente à casa.

A rua é movimentada, e o bairro, cheio de vizinhos. Seria complicado arrombar a porta sem que alguém chamasse a polícia.

Arthur foi mais inteligente: chamou um chaveiro. Com a maior calma do mundo, disse que havia perdido a chave daquela que era uma de suas muitas propriedades. Pouca gente duvida de um lorde educado e conhecido como ele. O chaveiro abriu a porta, deu uma cópia da chave a Arthur e foi embora satisfeito com a moeda de ouro que recebeu.

Entramos na casa pela frente, ainda à luz do dia.

Tratava-se de mais um local sujo e malcuidado. Em cima de uma mesa empoeirada, havia documentos e muito dinheiro. O conde tinha planos para ficar muito tempo, parecia.

Abri uma das portas que dava para a saleta de entrada, e de novo o cheiro de terra estragada embrulhou-me o estômago. Lá dentro, mais uma pilha de caixas. Contamos vinte delas em meio a muitas marcas de passos no chão imundo.

Empunhei minha faca, disposto a atravessar o conde com ela, caso o encontrasse. Fomos abrindo as tampas com violência, Arthur e John, tanto quanto eu, ávidos em confrontar aquele que atacara nossas mulheres.

Infelizmente, ele não estava ali. Ainda resta uma última caixa, que ele deve ter levado a um outro esconderijo. O professor esterilizou a terra da Transilvânia com hóstias sagradas e nos preparamos para ir embora.

Naquele momento, ouvimos uma chave girar na fechadura da porta da frente. Já estava escurecendo, devia ser o conde Drácula vindo pegar alguma coisa!

Senti um calor percorrer minha pele e segurei com mais firmeza minha faca. Eu estava pronto para a luta.

A porta da frente fechou-se. Ele deve ter notado nossa passagem, difícil de disfarçar num chão tão empoeirado. Não esperei mais. Abri a porta que dava para a saleta de entrada e saltei sobre o conde.

Mais rápido do que um lobo dando um bote, ele se desviou de minha lâmina afiada e pulou para o outro lado da sala. Arreganhou a boca para mim e falou em seu inglês carregado:

– Senhor Harker! Não percebeu ainda que sou mais forte e mais rápido? Eu sou o caçador, e o senhor, uma inocente presa – disse sorrindo com seus dentes afiados. – Acho que vou mordê-lo também, para fazer companhia à sua esposa...

Meu sangue ferveu, mas fiquei firme. Eu estava entre ele e a porta de saída, o que era uma boa posição. Resolvi esperar que se aproximasse para atacá-lo de novo. Silenciosamente, Arthur e John entraram na saleta pela porta atrás do conde, logo seguidos pelo professor.

Como um animal alerta, ele percebeu imediatamente que estava sendo cercado. Virou-se com a agilidade de um rapaz, rosnando com raiva para os três. Arthur apontou seu revólver, o professor estendeu uma hóstia e o doutor Seward, um crucifixo.

Drácula recuou ao mesmo tempo que lorde Godalming disparou. Agarrou um maço de notas de cima da mesa e veio para a porta de saída.

Dei mais um golpe com minha faca, dessa vez ferindo-o no ombro. Com uma só mão, ele agarrou a frente de minha camisa e atirou-me no canto da sala. Bati as costas contra a parede e perdi o fôlego de tanta dor.

O conde abriu a porta e saiu sem olhar para trás, com Arthur e John na sua cola. Dali a pouco, ouvi mais dois disparos da arma. Levantei rápido, apesar de sentir como se minha espinha estivesse quebrada. Claro que não estava, pois consegui ir até a porta.

Vi quando o conde Drácula pulou um muro no final da rua com a leveza de um gato. John chegou um pouco depois à parede, mas não conseguiu sequer escalá-la. Fez um apoio com as mãos entrelaçadas para Arthur, que subiu com um impulso ao alto do muro. Lá de cima, mirou mais uma vez com cuidado e disparou. Depois praguejou muito, como eu não imaginava que um nobre soubesse. Embora fosse um ótimo caçador, errou o tiro pela quarta vez seguida!

Lembrei-me dos olhos do conde, que haviam desviado a pá mesmo quando ele jazia imóvel no caixão. Que inimigo infernal nós arranjamos!

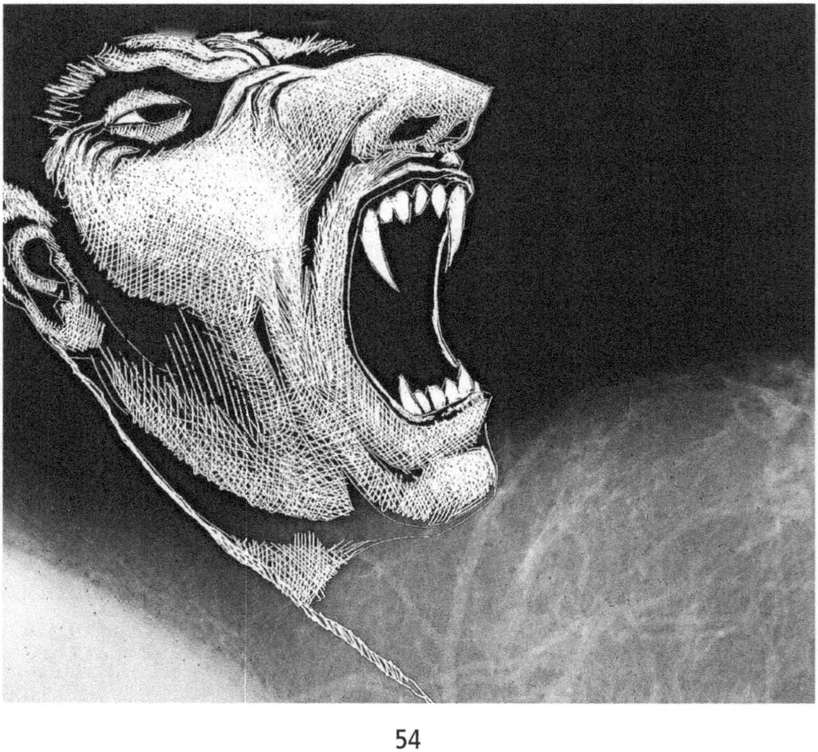

Diário de Mina Harker

4 de outubro

Hoje fizemos um conselho de guerra. Meus quatro corajosos guerreiros e eu. Eles resolveram que, uma vez que me tornei uma vítima, é melhor que eu participe das discussões. Não tenho certeza. Não sei como a transformação irá acontecer, não sei se os pensamentos do conde vão me dominar. Talvez fosse melhor se eu não soubesse de nenhum dos planos deles.

Estou me sentindo fraca. Tenho vontade de ficar o dia inteiro deitada, do mesmo modo que Lucy.

– Senhores, quero que me prometam uma coisa – eu disse, logo no começo da reunião.

– Senhora Harker, estamos à sua disposição – respondeu o galante professor holandês.

– Quero que me observem com cuidado. Se virem que estou me tornando o mesmo que Lucy, suplico que terminem com minha vida. Peço que jurem solenemente que não me deixarão à solta como vampira.

Jonathan olhou chocado para mim e uma lágrima escorreu pelo seu rosto. Não disse nada, mas percebi que no fundo concorda comigo.

O professor Van Helsing beijou minha mão com cortesia.

– A senhora é nobre e muito inteligente. Não vamos esquecer do que está nos pedindo.

Conversamos longamente. Concluímos que, apesar de ser muito forte e ágil, o conde precisa de um lugar seguro para dormir durante o dia. Visto que quarenta e nove de suas cinquenta caixas de terra do cemitério de sua família foram destruídas, ele depende de apenas uma para manter seus poderes.

– Drácula é imortal, já caminha pela terra há vários séculos. Decidiu vir à Inglaterra faz pouco tempo, com certeza não vai querer se arriscar a ficar aqui sabendo que o estamos perseguindo. Para ele, voltar e esperar mais um século não significa nada. Deve ter pego aquele bolo de dinheiro para pagar a passagem de volta à Transilvânia – sugeriu com muita lógica o professor.

– E ele não pode viajar como uma pessoa comum, precisa proteger-se da luz do dia. Portanto, deve ter embarcado seu caixão em algum navio! – continuou o doutor Seward.

– Só temos de verificar os navios que partirão para o mar Negro nos próximos dias – completou Jonathan.

Diário do doutor John Seward

5 de outubro

Jonathan foi até o Lloyds e conferiu a lista de embarcações que partem do porto de Londres nesta semana. Descobriu que ontem zarpou o Czarina Catarina rumo a Varna, com chegada prevista para daqui a três semanas. Com um pouco de incentivo de sua parte – isto é, com o oferecimento de várias cervejas –, os trabalhadores do cais de Doolittle confirmaram que um homem alto e magro embarcara uma grande caixa naquele navio no início da noite.

Quando voltou e nos contou, o professor deu um sorriso satisfeito.

– Vampiros não conseguem cruzar água corrente, meu rapaz. Isso quer dizer que o conde não pode sair nadando daquele navio, precisa desembarcar pela prancha em algum porto. O que nós devemos fazer é ir de trem até Varna e atacá-lo enquanto jaz no caixão.

Temos sorte de ter Arthur em nosso grupo. Cinco passagens de trem até a Europa Central não saem barato, mas ele nem hesitou. Telegrafou a seu secretário pedindo que fizesse os preparativos de viagem para todos nós. Arthur está assumindo os custos como parte de sua cruzada contra Drácula.

7 de outubro

Todos nós estamos organizando nossos assuntos para partir. Como a jornada oferece perigo, não quero deixar nada pendente aqui no manicômio. Paul será o responsável até a minha volta.

É fascinante observar as sutis transformações pelas quais a senhora Harker está passando. Ela tornou-se bem mais quieta,

seus olhos não brilham com o mesmo calor, sua pele fica cada dia mais pálida. Não precisamos temer que o conde a ataque enquanto está no navio, mas é inegável que ele tem algum poder sobre ela, mesmo à distância.

A marca em sua testa permanece dolorosamente visível, assim como as feridas no pescoço. Os dentes parecem ter-se alongado um pouco, dando uma ideia do perigo que essa mulher pode se tornar.

Precisamos salvá-la!

15 de outubro, Varna

Saímos da estação de Charing Cross no dia 12 pela manhã, atravessamos o canal da Mancha e chegamos a Paris. Embarcamos no Expresso do Oriente naquela mesma noite. As reservas feitas pelo secretário de Arthur funcionaram perfeitamente. Passamos mais um dia e uma noite no confortável trem e chegamos a Varna ontem.

Arthur foi ao consulado britânico e pediu permissão para visitar o Czarina Catarina quando chegar. Também foi ao porto e distribuiu generosas gorjetas. Tenho certeza de que contaremos com a colaboração dos funcionários portuários quando for a hora.

Meu amigo instruiu – talvez com a promessa de uma grande quantidade de cervejas – alguém do Lloyds a enviar telegramas diários sobre a posição do Czarina Catarina. Visto que o navio saiu com carregamentos de Londres, vai informar quando desembarcá-los nos portos a que se destinam. Nós aqui saberemos de seu progresso até Varna.

28 de outubro

Estávamos subindo as paredes de nervosismo. Não tínhamos o que fazer, e nada de o navio com o conde chegar. Até que hoje Arthur recebeu um telegrama:

DE RUFUS SMITH, LONDRES, PARA LORDE GODALMING
A/C S. EXA. VICE-CÔNSUL, VARNA
CZARINA CATARINA APORTOU GALATI HOJE UMA DA TARDE.

O conde conseguiu nos enganar! Deve ter comandado uma tempestade como fez em Whitby e impelido o navio para outro porto. Precisamos ir até lá com urgência.

Infelizmente, o único trem até aquela cidade só parte amanhã de manhã!

30 de outubro

Viajamos por mais de vinte e seis horas, via Bucareste, até Galati, um outro porto bem mais ao norte. Ele é menor que Varna e não fica no mar Negro, mas no rio Buzau. Com certeza, o conde deve ter feito preparativos para que alguém desembarque o caixão.

Diário de Mina Harker

31 de outubro, Galati

Assim que chegamos, Jonathan, o doutor Seward e o professor foram ao porto. Lá encontraram o Czarina Catarina ancorado. Puxaram conversa com o capitão e descobriram que um comerciante local desembarcou a estranha caixa e a entregou a um bando de ciganos ainda ontem, durante a noite.

Reunimo-nos numa estalagem para estudar os caminhos. Há dois modos de chegar ao castelo de Drácula de onde estamos: de barco pelo rio Siret, que desemboca no rio Bistrita e passa não muito longe do pico onde está o castelo; ou de trem até Veresti e depois de carruagem até o passo do Borgo.

Discutimos por longo tempo. Parece-nos que o conde, devido à limitação de agir apenas à noite, não pode se arriscar a viajar por terra. Um caixão que vá sendo trocado de mãos por tantos quilômetros, viajando sem a guarda de alguém, certamente atrairia curiosidade. E, se uma pessoa o abrisse durante o dia e visse o conde ali deitado, nessa terra de gente temerosa e conhecedora de vampiros, Drácula talvez encontrasse seu fim.

Portanto, o mais provável é que esteja a bordo de algum barco novamente.

Combinamos que nosso grupo vai se separar. Lorde Godalming já alugou uma lancha a vapor e pretende fazer o caminho fluvial até o castelo, inspecionando todos os barcos que encontrar. Com ele vão Jonathan e o doutor Seward, armados até os dentes com rifles e facões.

O professor Van Helsing e eu iremos ao castelo pelo caminho mais confortável, por terra. Provavelmente chegaremos lá antes deles. O professor quer esterilizar o lugar.

Vamos rezar para que estes planos funcionem. É difícil combater o inimigo em seu próprio território.

1.º de novembro

O inverno já chegou a estas montanhas, faz frio e neva sem parar. Tomamos o trem até Veresti e lá alugamos uma carruagem. O professor Van Helsing tem muita coragem. Estamos atravessando uma região desolada, sem avistar uma casa sequer. Se algo nos acontecer aqui, ninguém saberá do nosso paradeiro!

Tenho sentido muito sono. Quero dormir o dia inteiro, não estou conseguindo ajudar o professor a conduzir nossa carruagem.

O pior é que sinto uma presença escura em minha mente. Tenho medo do que o conde pode fazer comigo contra a minha vontade.

Diário de Jonathan Harker

2 de novembro, rio Bistrita

Lorde Godalming, o doutor Seward e eu estamos fazendo rodízio no timão de nossa lancha. Mantemos boa velocidade, mas encontrar passagem por um rio desconhecido às vezes leva tempo.

Cada vez que passamos por um barco durante a noite, acendemos a nossa lanterna elétrica para inspecionar. Desacostumados com esse tipo de luz, os barqueiros pensam que somos algum tipo de autoridade e não reclamam. Até agora, não vimos nenhuma embarcação que pudesse levar um caixão como o do conde.

Durante o dia, seguimos em paralelo aos barcos e os observamos. Caso encontremos aquele que procuramos, já decidimos: vamos usar nossos rifles e abordá-lo à força.

Não temos tempo para diplomacia. Mina, a cada dia, está mais perto de tornar-se uma vampira!

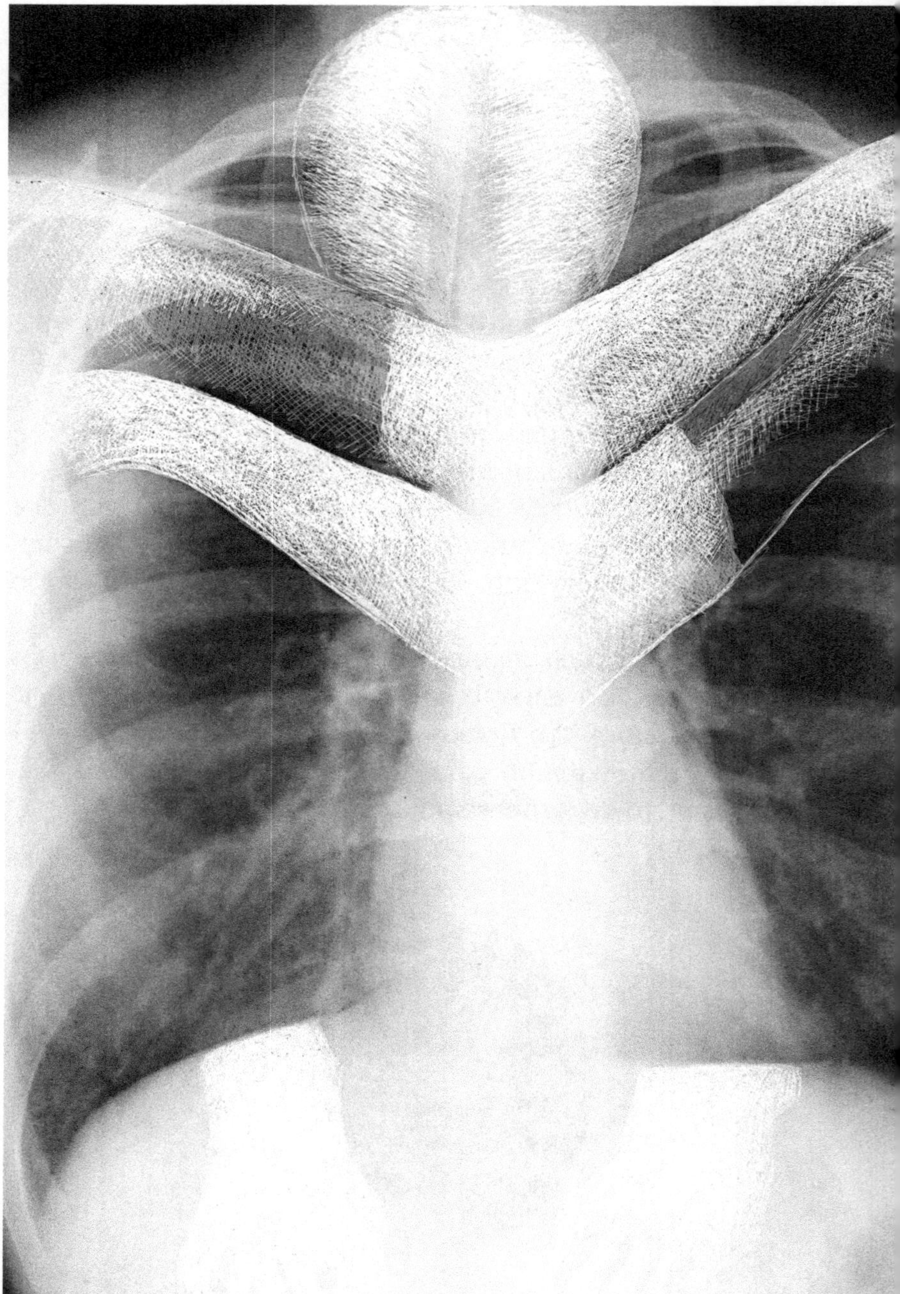

Memorando do professor Van Helsing

4 de novembro, passo do Borgo

Estamos próximos do castelo de Drácula e resolvi acampar aqui fora. Os cavalos passaram o dia inquietos, o vento é frio e cortante.

A senhora Harker está mais pálida do que a neve e hoje sorriu-me de um modo estranho, convidativo. Gosto muito dela, mas sinto que chegou a hora de proteger-me. Desde ontem, recusa-se a comer e observa cada movimento que faço. Piquei algumas das hóstias sagradas que trouxe e fiz um círculo em volta de onde ela está sentada.

Sua expressão foi de muito desconforto e agora ela mal se mexe dentro do círculo. Fiz uma refeição quente para restaurar minhas forças e tracei um círculo ao meu redor também.

Durante a noite, pequenas luzes vieram cintilar perto de mim. Lentamente, o vulto de três mulheres foi tomando forma, mostrando silhuetas jovens e bonitas. Dei graças aos céus pelo círculo de hóstia. Elas me olharam e chamaram, mas não conseguiram chegar perto de mim. Chamaram também por Mina:

– Venha, irmã. Venha conosco.

Fiquei feliz ao ver que Mina Harker se encheu de desgosto. Ainda não se tornou uma delas, podemos ter esperança de salvá-la. Mesmo assim, claro que não consegui dormir direito.

Quando começou a amanhecer, os vultos desapareceram. Fui ver como estavam nossos cavalos e os descobri todos mortos, com cortes profundos no pescoço.

5 de novembro

Subi a trilha que leva ao castelo carregando apenas minha maleta. Deixei a senhora Mina para trás, dentro do círculo. Ela corria o perigo de ser abordada por lobos ficando sozinha, mas eu temia que, se viesse comigo, outros seres menos naturais pudessem atacá-la.

Trouxe um martelo para arrombar as portas. Não queria arriscar-me a ficar preso como Jonathan, sabe-se lá o que pode acontecer neste lugar malévolo. Bati com força nas dobradiças da porta de entrada até desmontá-la. Caída no chão, a porta não pode me impedir de sair.

Segui a planta que Jonathan traçou para chegar à capela debaixo do quarto do conde. Desci as mesmas escadas em caracol que ele descreveu, mal enxergando os degraus. Apesar de já estar preparado para o cheiro, fiquei enjoado quando cheguei ao templo.

Era ali que deviam estar os caixões de todos.

Acendi uma vela e comecei a procurar. Vi uma passagem subterrânea que se abria à direita, ainda mais escura que o salão onde eu estava. Dali emanava uma presença tão negra que minha nuca ficou arrepiada.

Se houvesse outra maneira de acabar com o monstro, eu teria ido embora sem olhar para trás.

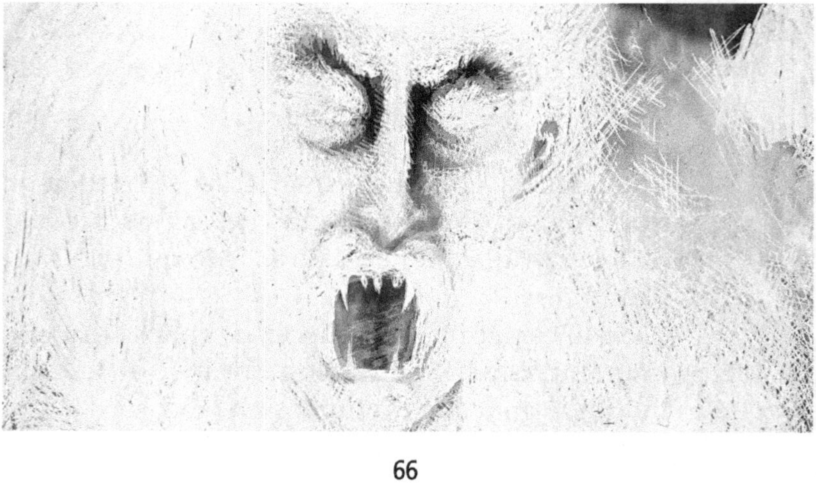

Desci a rampa para as entranhas do solo malcheiroso, chegando a um porão de teto arredondado. A construção era ainda mais antiga que o resto do castelo, devendo ter mais de mil anos.

No centro do porão havia um pedestal e, em cima dele, um caixão imponente e vazio. Na pedra estava esculpida uma única palavra:

Joguei pedaços de hóstia naquela cama imunda, sabendo que dessa maneira fechava o caminho de volta para o descanso do vampiro.

Continuei a andar pela cripta e encontrei três pedestais menores com caixões fechados. Abri o primeiro e deparei com a bela mulher que tinha visto na noite anterior. Não parecia ter mais de vinte anos de idade, o cabelo loiro e brilhante, os lábios cheios e molhados.

Foi difícil não ficar fascinado com a beleza daquele ser. Tive de recordar que ela tinha matado meus cavalos, que pretendia me matar também, que era parente do horroroso conde e que, se eu não desse fim a ela o quanto antes, a senhora Harker estava condenada.

Respirei fundo, coloquei a estaca sobre seu coração e bati o martelo com toda a força. Ela soltou um guincho agudo, tremeu e revirou-se no caixão, expelindo uma espuma vermelha pela boca. Logo depois, sua expressão encheu-se de paz, e o corpo se transformou em pó diante de meus olhos!

Tremi e suei frio, fiquei quase sem forças para continuar. Parecia que o próprio ar daquela cripta escura queria segurar meus braços.

Mesmo assim, continuei até o próximo caixão e repeti minha tarefa macabra, depois mais uma vez com a outra morena.

Nunca fiz nada tão difícil na minha vida!

Saí daquele antro completamente enjoado, precisando muito de ar puro e céu claro. Mas, antes de abandonar o castelo, selei cada entrada com pó de hóstia abençoada.

Nunca mais ele servirá de lar para os mortos-vivos.

Desci a trilha até o acampamento e fiquei aliviado ao ver a senhora Harker adormecida. Vamos reunir as coisas que podemos carregar e descer a estrada na direção do rio Bistrita.

Diário de Mina Harker

6 de novembro

Caminhamos o dia inteiro pela trilha que corta as montanhas, seguindo na direção leste. O frio enregelava mãos e pés, o vento cortava os lábios. A neve cobria o caminho, mal sabíamos se ainda estávamos nele.

Chegamos no final da tarde à beira de um despenhadeiro. O local era lindo, dava para ver toda a planície se estendendo uma centena de metros abaixo de nós até o rio.

Devia ser o Bistrita!

O professor pegou o binóculo e se pôs a observar.

– Senhora Harker, veja lá! É ele!

No meio da brancura da planície, uma carroça de ciganos cercada por seis homens a cavalo vinha em nossa direção. Estavam ainda distantes, mas a carga que traziam não deixava dúvidas: era o caixão do conde.

O sol já estava tocando os picos das montanhas a oeste depois de um curto dia de inverno, o que significava que Drácula iria acordar em breve. Talvez voasse até nós na forma de um morcego, o que acabaria por me transformar em algo parecido com ele ainda esta noite!

Fiquei paralisada de medo, o frio invadindo até o cerne de meu corpo.

O professor Van Helsing me olhou com compaixão. Fez um novo círculo com hóstia ao nosso redor e sacou seu revólver.

– Senhora, ele não nos levará tão facilmente.

Olhei para a planície novamente e vi um barco aportando na curva do rio. Meu coração voltou a bater: eram eles!

Três homens saltaram para terra e começaram a correr feito loucos através da planície. Também tinham consciência

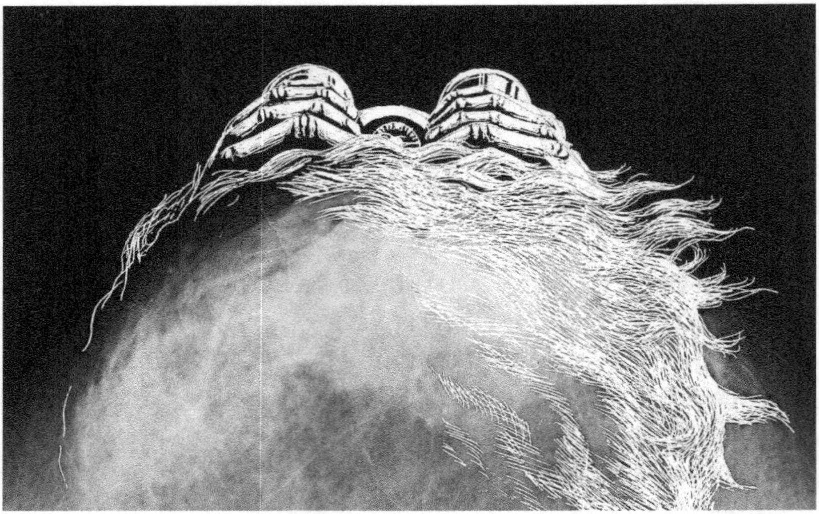

de que o dia não ia durar mais que alguns minutos. Gritaram para a comitiva de ciganos repetidamente, ordenando que parassem.

O grupo de ciganos tentou ir mais rápido, mas a carroça era pesada e desajeitada. Lorde Godalming deu um tiro para o ar com sua carabina Winchester, fazendo o estampido ecoar pelas montanhas.

Os ciganos pararam.

Eram seis homens a cavalo, acostumados com o tempo e o caminho, contra três a pé, estrangeiros e desorientados. Mas nos olhos dos três homens estava uma determinação assassina. Os ciganos perceberam isso e hesitaram.

Jonathan foi o primeiro a chegar à carroça. Sem parar para recuperar o fôlego, pulou para cima dela e jogou o caixão no chão. Os ciganos sacaram suas facas e Jonathan exibiu a sua. Defendeu-se de um golpe e revidou com fúria, pulando para o chão para abrir a tampa.

Lorde Godalming deu mais um tiro na direção do líder. O professor e eu nos levantamos das pedras onde estávamos e apontamos nossos revólveres para o bando. Eles perceberam que estavam cercados.

O doutor Seward juntou-se a Jonathan, e os dois conseguiram arrancar a tampa do caixão. Vi o rosto pálido do conde deitado sobre a terra, seus olhos brilhando de ódio. Sua expressão mudou para triunfo assim que as sombras das montanhas o tocaram. Ele estava acordando!

Jonathan, num movimento fluido, cortou a cabeça da criatura. John Seward enterrou em seguida sua faca no coração do conde com um único golpe.

Diante de todos ali, Drácula derreteu como neve no calor e desapareceu!

No mesmo instante, senti que uma sombra pesada saía de dentro de mim. Minha cabeça clareou e parei de sentir a queimadura em minha testa.

O professor Van Helsing olhou para mim e sorriu. Beijou minha fronte e disse que a marca havia desaparecido.

A vida agora me parece maravilhosa. Vamos descer até meus amigos, vou abraçar meu corajoso marido. Voltaremos para casa e viveremos em um mundo melhor.

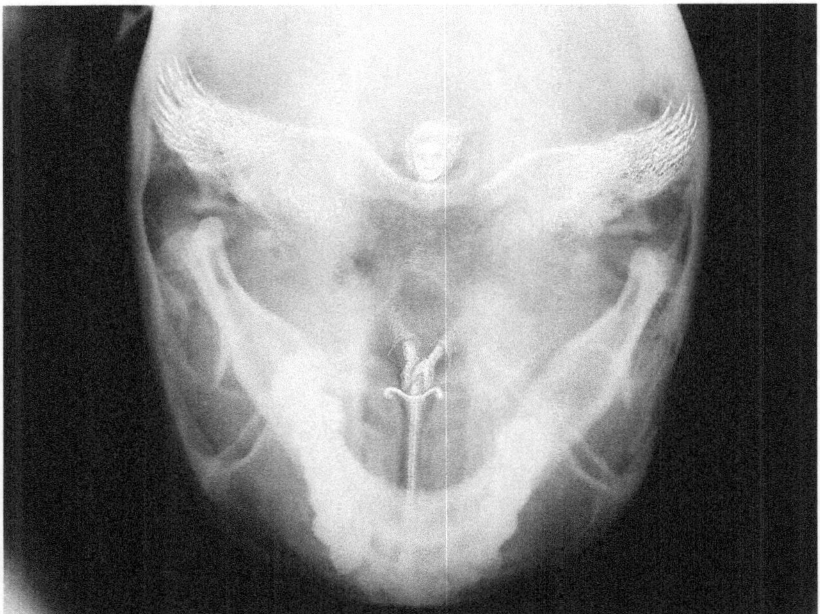

QUEM É LAURA BACELLAR?

Laura Bacellar trabalha com livros desde 1983, tendo já editado mais de mil títulos. Gosta muito de ler e escrever e acredita no poder dos livros, tanto para divertir quanto para informar.

É autora de *Escreva seu livro – guia prático de edição e publicação* (Mercuryo, 2001), que tem também uma versão na Internet, no site www.escrevaseulivro.com.br. Adaptou quatro títulos para a série Reencontro Infantil, da Scipione: *Robinson Crusoé, Um conto de Natal, Frankenstein* e *O rei Artur* e *os cavaleiros da Távola Redonda, bem como Caninos Brancos* e *O Signo dos Quatro* para a Reencontro Literatura.

Laura trabalha como editora e dá aulas a autores que querem publicar seus livros.

Roteiro de Trabalho

Drácula

Bram Stoker • Adaptação de Laura Bacellar

Durante uma visita de negócios ao castelo do conde Drácula, na Transilvânia, o advogado inglês Jonathan Harker testemunha incidentes horripilantes e descobre que seu cliente é um vampiro. Depois de escapar da sinistra fortaleza e voltar para a Inglaterra, Harker inicia uma implacável caçada à criatura das trevas, auxiliado por dois amigos e pelo professor holandês Van Helsing.

RELEMBRANDO A HISTÓRIA

1. Relacione os personagens às suas características.

(a) Arthur Holmwood ( ) Nobre inglês corajoso e determinado, era noivo de Lucy.

(b) John Seward ( ) Professor holandês, era especialista em vampiros.

(c) Mina Murray (Harker) ( ) Médico e diretor de um manicômio em Londres. Era apaixonado por Lucy e gostaria de se casar com ela.

(d) Lucy Westenra ( ) Primeira vítima do conde Drácula na Inglaterra, tornou-se uma morta-viva.

(e) Van Helsing ( ) Noiva (esposa) de Jonathan Harker, foi uma das vítimas de Drácula.

2. Assinale falso ou verdadeiro quanto às características do conde Drácula.

( ) Seu reflexo não aparecia no espelho.

( ) Podia se transformar em lobo e morcego.

( ) Não podia viajar em navios.

( ) Podia andar durante o dia e durante a noite.

( ) Precisava da terra da Transilvânia para sobreviver.

( ) Devia voltar para o caixão quando o dia começava a raiar.

( ) Só podia entrar num lugar se fosse convidado.

( ) Os símbolos sagrados não o afetavam.

( ) Não suportava o cheiro de alho nem a visão de hóstias e crucifixos.

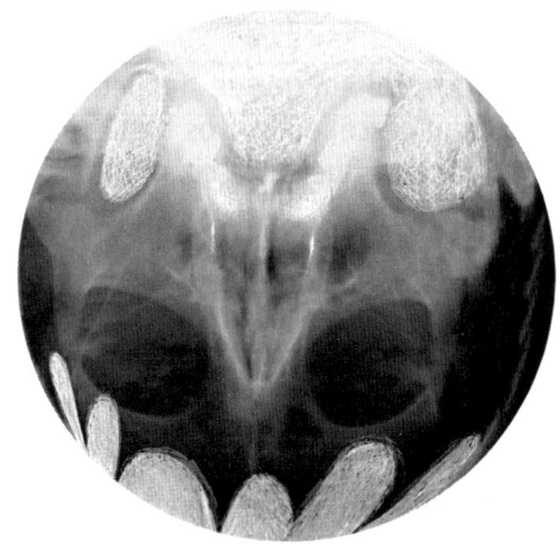